저승에서 돌아온 남자

문 화 류 씨
공포 괴담집
옛날 귀신 편

저승에서 돌아온 남자

문화류씨 지음

요다

귀신의 장난

1

외할머니의 지인은 무당이다. 그분은 주로 마을에 있는 잡귀를 몰아냈다. 할머니는 무당을 자주 도와주었다. 그래서 가끔, 도저히 이해되지 않는 현상을 직접 보거나 겪을 때면 손자, 손녀 들에게 이야기해주셨다.

눈에 보이는 귀신은 사람의 공포를 먹고 산다고 한다. 흔히 잡귀가 그렇다. 물건을 숨기는 장난을 치거나 무서운 모습을 드러내 인간을 놀라게 한다. 심보가 고약한 것들은 작정하고 질병을 가져다주거나, 집안을 풍비박산 내기도 한다.

살다 보면 눈앞에 있던 물건이 사라질 때가 있다. 귀신이 곡할 노릇이라 생각하겠지만, 사실은 귀신의 장난일 수도 있다. 당신이 방금 전 사라진 물건 때문에 당황하고 있다면, 옆에서 모든 걸 지켜본 귀신이 깔깔대며 비웃고 있을지도 모른다. 박장대소하며 즐거워할 귀신의 모습을 생각하니 약간 괘씸하기도 하다.

문제는 심보가 고약한 귀신이다. 원한을 품은 귀신과 달리, 살아 있는 인간을 무조건 싫어하는 녀석들이 있다. 이들은 인간의 안녕과 행복이 가장 꼴 보기 싫다. 해를 끼치기 위해서라면 잔인한 짓도 마다하지 않는다.

6.25전쟁이 막 끝나던 시절, 충청남도 공주에서 일어났던 일이다. 피난을 갔던 사람들이 마을로 하나둘 돌아왔다. 그중에는 본래 마을 사람이 아닌 피난민도 더러 있었다. 갈곳을 잃고 이곳저곳을 전전하다가 마을로 들어온 것이다. 준택도 피난민이었다. 아내와 아이들을 데리고 이곳에 정착하기 위해 왔다. 하지만 집을 구하는 것은 쉽지 않았다. 살 만한 곳은 사람들이 벌써 터를 잡았고, 산과 언덕에도 피난민들이 이미 집을 짓고 살았다. 당장 길바닥에 나앉게 생긴 준택은 온 동네를 샅샅이 뒤졌다. 그러던 중, 마을 아래

에서 빈집 하나를 발견했다. 조금 낡았지만 꽤 깨끗했고, 무엇보다 사람의 흔적이 없어서 마음 놓고 살 수 있겠다는 생각이 들었다. 누군가가 선수 칠까 봐 가족들을 재빨리 데려와서 짐부터 풀었다.

"여보, 아가들아, 오늘부터 이곳이 우리 집이여. 이 집에서 행복하게 잘 살아보자구!"

준택은 다행이라 생각했지만, 아내는 그 집이 반갑지만은 않았다. 땅이 아래로 푹 꺼진 듯했고, 한여름인데도 냉기가 돌았다. 준택은 기분 탓이라며 낡은 것을 고치고 곳곳을 손보면 문제없을 거라고 했다.

그곳에서의 첫날 밤, 준택의 아내는 꿈을 꾸었다. 돌아가신 친정어머니가 집에 찾아온 것이다. 그런데 어머니께서는 반가운 기색도 없이 애가 타는 표정을 짓고 계셨다. 급기야 팔을 잡고 집 밖으로 나가자고 했다.

"얘야, 빨리 나가자. 이런 집에서 살면 안 돼. 어서 빨리 나가자꾸나."

놀란 준택의 처는 잠에서 깼다. 흉흉한 꿈을 꾼 탓일까. 온몸에서 식은땀이 흘렀다. 싱숭생숭했다. 깊은숨을 쉬며 머리맡에 둔 주전자의 물을 따라 마셨다. 그런데 옆에서 이상한 소리가 들렸다.

"케게게게… 켁… 케게게….”

첫째 딸이 숨을 제대로 쉬지 못하고 있었다. 이내 눈이 뒤집어져, 졸도하기 일보 직전이었다. 놀란 아내는 딸을 흔들었다. 그러나 더욱 고통스러워할 뿐, 차도가 없었다. 잠에서 깬 준택은 딸의 등을 마구 두드렸다. 준택과 아내는 당장 죽게 생긴 딸 때문에 무서웠다. 바로 그때, 아내의 머릿속에 친정어머니가 스쳐 지나갔다.

'애야, 빨리 나가, 어서 이 집에서 나가란 말이야.'

아내는 딸을 부둥켜안고 집 밖으로 나갔다. 준택은 갑작스러운 아내의 행동에 당황했다.

"이… 이보게, 뭘 어쩌겠다는 거여?”

아내는 집에서 멀리, 최대한 멀리 달아났다. 마을의 정자 근처에 당도했을 때, 딸아이의 얼굴을 확인했다. 기진맥진해서 침을 질질 흘리고 있었지만, 서서히 숨을 쉬고 있었다.

"아가, 괜찮니? 아가, 엄마 좀 봐봐…."

딸은 엄마의 얼굴을 보자, 울기 시작했다. 아내도 놀란 가슴을 쓸어내리며 서럽게 울었다. 정말 큰일 나는 줄 알았다. 사랑하는 딸을 그렇게 보낼 수는 없었다. 그렇게 둘은 한참을 울다가 집으로 돌아가려 했다. 그때 무당 차림을 한 처녀가 산에서 내려왔다. 처녀는 준택의 아내와 마주치자 인사를 건넸다.

"안녕하세유."

아내는 흠칫 놀랐다. 처녀는 순박한 얼굴로 준택의 집을 가리켰다.

"혹시 저기 빈집으로 이사 오셨슈?"

아내는 그녀가 집주인과 아는 사이인가 싶어 불안했다.

"네, 그… 저 집에 이사를 온 안준택의 안사람이에요."

처녀는 예상 밖으로 따뜻한 미소를 지었다.

"잉… 저는 저기 밤나무 숲 위에 사는 강윤화라고 해유. 아직 할머니 밑에서 배우고 있지만 무당이에유."

무속인이라고 하면, 대부분은 매섭게 노려보거나 날카로운 어투로 쏘아대는 이미지를 떠올린다. 그러나 윤화가 어찌나 따뜻한 미소로 사람을 편안하게 대해주는지, 아내는 얼었던 마음이 사르르 녹는 듯했다. 윤화는 바구니에 있던 사과 세 알을 건넸다.

"언니, 이거 받아유. 이상하게 생각하지 말고 애들 먹여유. 그리고… 내일 언니네 집에 놀러 가도 되쥬?"

아내는 당황했다. 이런 비싸고 귀한 과일을 받다니…. 무엇보다 처음 본 사람이 집으로 놀러 온다고 하니 마음이 복잡했다.

"괜찮아유, 저 이상한 사람 아니에유. 그럼 언니, 내일 봐유."

아내가 거절의 말을 꺼내기도 전에, 윤화는 가버렸다. 걸음이 어찌나 빠르던지, 고맙다는 인사도 못 했다. 하는 수 없이 곯아떨어진 딸을 안고 집으로 들어갔다. 준택은 걱정이 되었는지, 마당 앞을 이리저리 빙빙 돌고 있었다.

"여보…."

준택은 서둘러 달려왔다.

"우리 아가는 괜찮은 겨? 어이구, 이게 무슨 일이여. 아가 괜찮니?"

준택의 가족에게는 꽤 피곤한 첫날 밤이었다.

2

준택은 친척의 도움으로 일자리를 구했다. 거리가 있어

다음 날 새벽에는 집을 나서야만 했다.

"보리도 얼마 없네? 그래도 아끼지 말고, 자네랑 아가들이랑 잘 챙겨 먹게. 오늘 일 가면 영택이 형님이 말이여, 먹을 걸 잔뜩 준다고 했어. 조금만 기다려보소."

아내는 고개를 끄덕이며 준택에게 필요한 물건을 주섬주섬 챙겼다. 지난밤에 너무 놀란 나머지 몸과 마음이 피곤했지만, 가장의 역할에 최선을 다하는 남편의 뒷모습을 보니 마음이 짠했다. 준택은 서둘러 나가며 아내에게 손을 흔들었다. 아내도 잘 다녀오라며 미소를 지었다. 그러고는 지난밤에 받았던 사과 세 알을 아이들에게 깎아주려고 안방 문밖에 앉았다. 그런데 아이들이 자고 있는 방에서 모르는 사람의 목소리가 들렸다.

"아이고 핏덩이들, 이 집이 어떤 집인지도 모르고 잘도 자네? 어제 그냥 콱 죽여버렸어야 했는데, 팔자도 모르고…. 아가, 잠이 오냐? 잠이 와?"

누군가가 딸과 아들에게 험한 소리를 내뱉었다. 아내는 등골이 오싹해졌다. 짧은 시간, 강도라면 사과라도 던질 생각으로 방에 들어갔다.

아내는 방 안 곳곳을 둘러봤다. 아이들만 쌔근쌔근 자고 있을 뿐, 아무도 없었다. 그런데 방 안 어딘가에서 또 목소리가 들렸다.

"어허, 저 여편네. 지 새끼들 죽일까 봐 들어온 거여? 고것 참 기가 막히고만? 어제 저 여편네만 아니었어도 골로 보냈을 텐데…."

아내는 목소리에 집중했다. 남자 목소리… 아니, 여자 목소리 같기도 한 것이 참으로 기분이 나빴다. 아이들에게 몹쓸 말을 하다니…. 엄마로서 화가 났다. 그래서 큰 소리로 따져댔다.

"귀신이든, 사람이든 아가들한테 그런 말 하는 거 아니에요. 남의 집 귀한 자식한테 그렇게 심한 말을 하다니, 우리 아가들 털끝 하나만 건드려봐요. 아주 가만 안 둘 테니까…."

준택의 아내를 비웃듯, 기분 나쁜 웃음소리가 방 안 가득

울려 퍼졌다.

"으하하하… 으하하하… 이히히히히… 이히히히…."

웃음소리에 놀란 아내는 혹시나 해를 당할까, 아이들을 부둥켜안고 덜덜 떨었다.

"뭐여? 내 목소리가 들리는 겨? 어따…. 아줌씨 무섭네. 신기神氣라도 가진 것이여? 내 오늘 이놈의 인간들 혼구녕을 내줄 테니, 각오혀. 낄낄낄…."

바로 그때, 밖에서 준택의 아내를 찾는 소리가 들렸다.

"언니, 저 윤화예유. 어젯밤에 만났던 무당이에유."

의문의 목소리는 그녀의 인기척에 당황했는지 욕을 내뱉고 재빨리 사라졌다.

"저년은 또 뭣이여? 이런 육시랄, 어이 여편네, 넌 내가 다음에 만날 때는 사지를 찢어버릴 겨."

윤화는 방문을 열었다. 안에는 어린아이들을 부둥켜안은 준택의 아내가 공포에 떨고 있었다. 걱정스러운 마음에 조심스레 방으로 들어와 놀란 아내의 손을 잡았다.

"언니, 괜찮아유… 괜찮아유…."

준택의 아내는 한참을 멍하니 있다가 마음이 좀 진정된 듯 윤화에게 물었다.

"밥은 드셨어요?"

피죽도 먹기 힘들 정도로 찢어지게 가난한 시절에 얼마 남지 않은 식량이지만 보리죽을 쑤어 왔다. 윤화는 거절하지 않고 맛있게 한 그릇을 비웠다. 배가 부른 그녀는 준택의 아이들을 향해 미소를 지으며 자신이 보자기에 싸 온 떡이며 사탕 같은 주전부리를 주었다.

"꼭꼭 씹어 먹어야 혀…."

아이들은 이른 아침부터 신이 났다. 그제야 윤화는 준택의 아내에게 이야기를 꺼냈다.

"언니, 지금부터 제가 이야기 하나를 할 텐데 기분 나쁘게 듣지 마셔유. 그리고 놀랄 수도 있으니까, 마음 단단히 먹고유…."

윤화는 지금 준택네 식구가 살고 있는 집이 일제강점기 때부터 마을 사람 모두가 알고 있는 유명한 흉가라고 했다.

아주 오래전, 박 씨라는 사람이 이곳에 집을 짓고 싶어 했다. 하지만 풍수장이를 비롯한 동네 무당들이 반대하며 말렸다. 이곳은 음기가 모이는 지점이라, 온갖 잡귀가 들끓는다고 했다. 하지만 박 씨는 미신 따위는 믿지 않는다며 끝끝내 집을 지어 살았다. 결국 돌이킬 수 없는 일이 벌어졌다.

처음에는 박 씨의 노모가 사망했다. 여든이 넘은 노모가 저세상에 가는 일이야 어쩌면 당연하겠지만, 전날까지 정정하던 노인의 갑작스러운 죽음에 마을 사람들은 놀랄 수밖에 없었다. 이후 박 씨의 아들 둘과 아내가 연이어 죽었고, 끝내 박 씨도 그 집에서 사망했다. 다른 가족들과 다르게 박 씨는 자살을 했는데, 유서에는 이렇게 적혀 있었다.

'요망한 귀신들이 어머니, 아들 둘과 아내를 죽였다. 무당의 말을 들었어야 했는데, 나의 잘못이 크다. 죄책감에 가족들을 따라간다.'

이후, 박 씨의 먼 친척이 이곳에 와서 살았다. 아니나 다를까. 그 양반의 일가족도 모두가 죽었다. 그리고 몇몇이 들어와 살았지만, 귀신을 보거나 귀신에게 홀려 집을 나가버렸다. 이후 온 동네에 '귀신이 사는 집'이라는 소문이 났다. 흉흉한 곳을 허물어야 한다며 마을 사람들이 나섰다. 하지만 마을 사람들이 이곳을 허물려고만 하면 이유 없이 하나둘 쓰러져 나갔다. 집은 마을 사람 모두에게 공포의 대상이 되어 허물지도 못하고 지금까지 그대로 두게 된 것이다. 소문을 아는 사람이라면 이 집 근처에 얼씬도 하지 않았다. 세월이 흐르고, 흘러서 준택네 가족이 들어올 줄이야.

아내는 윤화의 말에 소름이 돋았다. 아이의 아버지는 일을 하러 갔는데, 이 이야기를 전해야 하는지, 당장 집을 나가야 하는지, 어떻게 해야 할지 당황스러웠다. 윤화는 아내에게 지난밤에는 정말 큰일이 날 뻔했다며 말을 이었다.

3

"간밤에 말이어유, 저 아이가 죽다 살았잖어유."

준택의 아내는 딸의 얼굴을 한번 보고 고개를 끄덕였다.

"아가, 이모한테 잠깐만 와보련?"

딸내미가 떡을 들고 아장아장 걸어와 윤화 앞에 앉았다. 윤화는 딸에게 천장을 보라며 손짓했다. 아이가 천장을 보려고 고개를 들자, 준택의 아내는 경악했다. 딸의 목에 누군가가 조른 흔적이 있었다. 분명 사람의 손자국이었다. 그렇게 선명할 수 없었다.

"언니, 이거유…. 사람이 한 짓이 아니라, 이 집에 사는 귀신이 한 거예유."

준택의 아내는 너무 무섭기도 하고, 슬프기도 해서 딸을 안은 채 울기만 했다. 그녀는 문득 친정어머니가 생각났다. 친정어머니가 꿈에 나타나지 않았더라면…. 고마움과 서러움에 눈물이 멈추지 않았다.

간밤에 산신님께 기도를 드리고 산에서 내려오던 윤화는 모녀가 이 집에서 나오는 것을 보고 놀랐다. 준택의 딸에게 서 귀신 냄새가 어찌나 진동을 하던지…. 윤화는 이들을 귀신으로부터 구해주기 위해 기다렸다.

그녀가 딸을 안고 걸어오자, 윤화는 일부러 말을 걸며 산신님께 제물로 바쳤던 사과 세 알을 주었다. 준택의 아내가 그것을 가지고 있으면 집 안에 있는 귀신의 목소리라도 들을 수 있을 것 같았다. 당장 집으로 함께 가서 도와주고 싶었지만 야밤에는 귀신의 힘이 절대적으로 강해지기 때문에 자신이 없었다. 더욱이 준택의 가족이 자신의 말을 믿지 않을 수도 있었기 때문에 섣부른 움직임은 매우 위험했다.

윤화는 새벽부터 준택네 집 앞에서 지켜보고 있었다. 문밖에서 준택의 아내와 귀신이 하는 이야기를 모두 들었다. 보아하니, 귀신의 심보가 보통이 아니었다. 준택네 가족에게 해코지라도 할까 봐 걱정스러운 마음에 방문을 연 것이다.

"언니, 하루빨리 이 집에서 나가야 해유. 귀신들이 언니 가족에게 언제 해를 끼칠지 모른다니께유. 이것들은 굿을 해도 소용이 없을 정도로 무서운 것들이에유."

준택의 아내는 남편도 없이 결정을 내릴 수 없었다.

"윤화 씨, 우리는 갈 곳이 없어요."

윤화는 아무 걱정 말라고 했다.

"언니, 제가 우리 할머니께 말씀드렸어유. 우리 집 뒤편에 작은 집이 하나 있슈. 그곳에서 언니 가족이 지내도 된다고 하셨슈. 여기보다 좁긴 하지만, 훨씬 안전할 거예유."

그래도 준택의 아내는 남편의 동의 없이 움직이는 것이 마음에 걸렸다.

"윤화 씨, 역시 지금은 무리일 것 같고요. 아무래도 아이들 아버지가 와봐야…."

준택의 아내도 이 집이 몹시 찜찜했다. 아이가 아픈 것이 귀신 탓이라고 하니까 그나마 있던 정나미도 떨어졌다. 하지만 아이들 아버지가 너무 좋아한 집이라서 누군가의 말을 듣고 쉽게 방을 빼기가 그랬다. 윤화는 아이들뿐만 아니라, 아내도 이 집에서 나가야 한다며 재촉했다. 준택의 아내는 그것 역시도 스스로 결정할 수 없다고 했다.

"언니, 잘 들어유. 귀신은 말이어유. 약한 아이나 노인에게 먼저 해를 끼쳐유. 사람의 두려움을 먹고 강해진 뒤에는 건장한 사내에게도 해를 끼쳐유. 귀신이 제일 싫어하는 게 뭔지 알아유? 자신의 터에서 인간이 행복하게 사는 거예유."

준택의 아내는 윤화의 설득에 할 수 없이 아이 셋과 집을 떠났다. 필요한 물건만 챙겨서 윤화의 할머니 댁으로 갔다. 할머니는 준택의 아내를 따뜻하게 맞아주었다.

"고생 많았네, 고생 많았어. 어찌 그 집에서 살 생각을 했누…. 자리 잡을 때까지 여기서 묵도록 해."

친절하게 맞이해준 윤화네 가족이 고마웠다. 하지만 남편이 눈에 밟혔다. 행여나 일찍 올까 봐 걱정이 됐다. 준택과 아내는 글을 읽을 수도, 쓸 수도 없어서 어디론가 떠난다는 메모를 남기지 못했다. 아내는 남편이 언제 돌아올지 모른다는 생각에 노심초사했다. 애들 아버지를 위해 그 집에 가야만 했다. 그러나 윤화와 할머니가 가지 못하게 할 것이 뻔했다. 그들에게 길에 중요한 물건을 흘린 것 같다며 아이들을 맡기고 나왔다. 아내의 마음을 눈치챈 할머니는 남편이 알아서 찾아올 것이라고 했다. 하지만 '소귀에 경 읽기'라고 했던가. 아내는 서둘러 나갔다. 착한 남편이 벌써 집에 왔을까 봐 걱정되었다. 가난한 자신을 두고 아이들까지 데리고 집을 나갔다고 오해할까 봐, 그 집의 나쁜 귀신들이 남편을 해칠까 봐…. 복잡한 심경이 뒤섞였다.

쏜살같이 달려서 다시 집에 온 준택의 아내는 대문을 열었다. 집 안에서 남편의 목소리가 들려왔다.

"남편이 일하고 왔는데, 여편네는 어디 간 거여? 자식새끼들은 또 어디 가고?"

준택의 아내는 남편의 목소리가 반가웠다. 당장 안으로 들어갔다. 마당에서 연장을 손질하는 남편의 뒷모습이 보였다. 준택은 낫을 갈며 혼잣말로 중얼댔다.

"자네 왔는가?"

준택은 아내에게 퉁명스럽게 말했다. 아내는 평소와 다른 남편의 모습에 조심스레 이야기를 꺼냈다.

"네, 여보. 마을에 좀 다녀왔어요."

준택은 말없이 낫을 갈았다. 그러곤 한참을 있다가 물었다.

"그래, 뭐 하고 온 것이여?"

아내는 남편의 쌀쌀맞은 태도에 놀라 오늘 겪었던 일을 말할 수 없었다.

"저기… 그냥저냥…."

준택은 아무런 대꾸도 하지 않고 계속해서 낫을 갈았다. 그러다 갑자기 한마디 했다.

"무당 년 집에 갔다 왔구먼?"

아내는 뜨끔했다. 남편이 무당을 싫어하는 것 같아서 불안했다. 윤화가 해준 이야기는 뒤로하고, 화가 난 남편을 풀어주려고 화제를 돌렸다.

"저… 저기 여보, 일찍 오셨네요? 무슨 일로 이렇게 빨리 왔대요?"

남편은 평소와 다르게 무심한 듯 아무 말도 하지 않고 낮을 갈았다. 그렇게 한참을 있다가 한숨을 쉬며 대답했다.

"자네랑 한 약속을 지키려고 왔지. 암… 자네랑 한 약속 말이여, 허허."

아내는 '약속'이란 말에 당황했다. 자신도 모르는 사이에 남편과 약속을 했었나? 기억을 더듬었지만 도무지 생각나지 않았다.

"저… 여보, 우리가 무슨 약속을 했었나요? 기억이 안 나서요…."

남편은 고개를 푹 숙이며 깊은숨을 쉬었다.

"에유… 자네 정말 잊었단 말이여? 정말 기억이 안 나?"

남편은 낫을 들고 천천히 일어섰다. 아내는 그런 남편의 모습이 이상했지만 대수롭게 여기지 않았다.

"여보, 정말 기억이 안 나요. 우리가 무슨 약속을 했었나요?"

아내의 말이 끝나기가 무섭게 뒤를 돌아본 준택은 낫을 들고 달려들었다.

"내가 약속했잖여. 다음에 만날 때는 자네 사지를 찢어버린다고!"

준택의 아내는 그제야 정신을 차리고 날아오는 낫을 간신히 피했다. 남편의 얼굴을 봤다. 심장이 오그라들 정도로 겁이 났다. 그는 남편이 아닌, 소름 돋게 무서운 표정을 한 남자였다. 직감적으로 알았다. '이 사람, 아니 이 귀신이 딸의 목을 조르고, 아침에 말을 걸었구나.' 귀신이 축 늘어진 혓바닥을 날름거리며 아내에게 다가왔다.

준택의 아내는 두려운 마음에 도망가려 했지만 몸이 움직이지 않았다. 호랑이에게 물려 가도 정신만 똑바로 차리면 산다고 했던가. 놀란 가슴을 진정시키고 정신을 다잡으려 했다. 그러나 이내 정신을 놓을 수밖에 없었다. 이 집의 귀신은 낫을 들고 자신에게 다가오는 이자뿐이 아니었다. 지붕에서, 부엌에서, 창고에서, 마당에서, 뒷간에서⋯ 남녀노소 할 것 없이 수많은 귀신이 준택의 아내를 향해 다가오고 있었다. 이렇게 죽는구나, 생각했다. 바로 그때, 진짜 남편의 목소리가 들려왔다.

"여보, 여보!"

대문 밖에서 준택이 놀란 표정으로 서 있었다. 혹시라도 귀신들이 아내를 해칠까 봐, 단숨에 달려와서 넘어진 아내를 일으켜 세웠다. 둘은 그 집에서 일어나는 일들을 믿을 수가 없었다.

4

그날 새벽에 준택은 집을 나섰다. 한 시간 정도, 아니 그

보다 꽤 오래 걸어서 친척인 영택의 집에 도착했다. 영택은 양조장에서 일을 했는데, 준택이 근처로 이사를 온다기에 함께 일하기로 한 것이다. 형수는 일을 나가기 전에 든든히 챙겨 먹어야 한다며, 없는 살림에 상을 차려 왔다. 배가 많이 고팠던지라, 준택은 허겁지겁 먹었다. 영택은 친척 동생이 잘 사는지 걱정이 되어 몇 가지를 물었다.

"준택이 너도 아버지가 되니께 부지런해지지?"

입안에 가득한 음식물을 급하게 넘기며 준택이 대답했다.

"아이고 형님, 말해 뭐한대유. 그저 우리 마누라, 아가들 먹고사는 것만 지장 없으면 더한 것도 하겠어유."

여리기만 했던 친척 동생이 책임감 있는 가장이 된 것 같아 대견했다.

"그려그려. 집은 공주라고 했지? 계룡 밤나무 근처인 거여?"

집 이야기에 준택은 한껏 기분이 들떴다.

"그쥬, 밤나무 근처에 얻었어유. 집을 지으려고 해도 엄두가 안 나는 거유. 다른 집은 벌써 주인들이 들어오거나, 사람이 사는 집이구. 본의 아니게 형님 댁에서 하루 묵어야겠구나, 생각했는데…. 때마침 계룡에 밤나무 아랫집이 비어 있는 것이 아니겠어유? 조금 오래되긴 했지만, 깨끗하고 솔찬히 괜찮아서 냅다 그 집에 들어가서 짐을 풀었어유."

영택은 '밤나무 아랫집'이란 말에 동공이 커졌다. 조심스레 준택에게 물었다.

"이보게 준택이, 혹시 밤나무 아랫집을 말하는 거여? 거기 마을 아래에 떨어져 있는 집 하나를 말하는 건 아니겠지?"

영택이 그 집을 어떻게 아는지 모르겠지만 준택은 그 집이 맞는다고 했다. 영택은 너무나 놀라 들고 있던 숟가락을 떨어트렸다. 생각하는 집과 다른 집일 수도 있으니, 다시 물었다.

"혹시 대문이 말이여, 녹이 좀 슬었지만 파란색이고 쇠로 만든 집인 거여?"

준택은 겁에 질린 표정으로 말하고 있는 영택에게서 눈을 떼지 못한 채 고개를 끄덕였다.

"형님, 도대체 무슨 일이에유? 우리 집을 아세유?"

그 집은 영택도 알 만큼 유명했다. 공주나 청양에 사는 사람이라면 한 번쯤은 들어본 집이었다. 영택은 준택에게 그 집에 대한 이야기를 해주었다. 일제강점기에 박 씨가 그곳에 집을 지은 이야기부터 그곳에 살았던 사람은 죄다 죽었다는 이야기까지 말이다.

"준택아, 오늘은 일하지 말고 당장 집으로 뛰어가. 그 집에 있으면서 하루라도 잘 지내는 사람을 못 봤으니께…."

준택은 매우 혼란스러웠다. 그 집에 그런 비밀이 있는 줄은 꿈에도 생각하지 못했다. 지난밤에 끙끙 앓던 딸이 생각났다. 남편으로서, 아비로서 행복하게는 못 해줄망정, 귀신 들린 집에서 살게나 하다니…. 스스로를 책망했다.

영택은 준택에게 한 가지를 당부했다.

"준택아, 그 동네에 말이여. 귀신 쫓는 용한 무당 할매가 있어. 피난 갔다가 돌아오셨는지 모르겠지만 무조건 거기 먼저 가서 할매 모시고 집에 가야 혀. 무슨 일이 벌어질지 모르니께 말이여."

영택의 말이 끝나기가 무섭게 준택은 쉬지 않고 뛰었다. 한참을 달린 뒤에야 마을에 도착했다. 당장 무당 할매를 찾으려고 했다. 그런데 뭔가 이상했다. 날씨가 이토록 맑은데 준택의 집에만 시커먼 구름 같은 것이 잔뜩 끼어 있었다. 좋지 않은 예감이 들어 무당이고 뭐고 할 것 없이 집으로 달려갔더니, 웬 사내가 해괴망측한 얼굴로 아내를 해치려는 것이 아닌가. 설상가상이라고 했던가. 낫을 든 남자만이 아니라 집 안 곳곳의 귀신들이 모두 아내를 쳐다보고 있었다.

"여보, 여보!"

낫을 들고 있던 사내가 준택을 그윽하게 바라봤다. 준택은 재빨리 아내를 일으켰다. 둘은 손을 잡고 대문 밖을 향해 힘껏 뛰었다. 갑자기 대문이 굳게 닫혔다. 준택이 안간힘을 써도 문은 꿈쩍하지 않았다. 낫을 든 사내가 긴 혀를 날름날름 움직였다.

"들어올 땐 너희들 마음대로 들어왔지만, 나갈 땐 맘대로 못 나가지⋯. 딸년부터 죽였어야 했는데 말이여, 낄낄낄."

사내는 요란한 웃음소리를 내며 준택 부부에게 사정없이 낫을 휘둘렀다. 준택은 아내를 감싸다가 등과 팔을 베었다.

"여보!"

쓰러진 준택의 팔과 등에서 붉은 피가 철철 흘러내렸다. 아내는 피 칠갑이 된 남편을 부둥켜안고 살려달라며 사내에게 빌었다. 하지만 귀신은 오히려 즐거워하며 낫을 들고 요란한 춤을 추기 시작했다. 집 안 곳곳에 있던 귀신들도 이상한 울음소리를 내기 시작했다.

"으흐흐흐⋯ 으흐흐흐흐⋯ 으흐흐⋯ 꺼이⋯ 꺼이⋯."

울음소리가 어쩌나 머리를 어지럽히는지 준택의 아내는 정신이 나갈 것 같았다. 귀신이 준택의 아내를 보며 낫을 얼굴에 가져다 댔다. 아내는 자신은 죽여도 남편은 살려달라고 애원했다. 귀신은 아랑곳하지 않고 이상한 표정을 지었다. 웃는 표정, 슬픈 표정, 눈을 사시처럼 모았다가, 얼굴을 찡그렸다가 말이다. 그녀를 희롱하는 것이었다. 그것을 보고 화가 난 준택이 귀신에게로 돌진했다. 준택은 귀신의 팔을 잡으며 아내에게 외쳤다.

"여보, 빨리 나가. 어떻게든 나가…."

하지만 아내는 남편을 두고 나갈 수 없었다. 무슨 용기가 생겼는지 근처에 있던 돌을 들어 귀신의 머리를 찍어버렸다. 피를 철철 흘리던 귀신은 화가 머리끝까지 났는지, 욕을 하며 준택을 밀쳐냈다.

"이런 육시랄, 미친 여편네를 봤나?"

귀신이 준택의 아내에게 다가가려는 순간, 잠겼던 대문이 활짝 열렸다. 하얀 옷을 입은 무당 할머니와 윤화가 집 안으로 들어왔다.

"이보시게, 새댁…. 정말 말을 안 듣네그려. 내가 이곳에

오지 말라고 그렇게 당부했거늘….”

준택 부부는 할머니의 꾸지람에 얼음이 되어버렸다.

“빨리 이리로 안 오고 뭐 하는 거? 죽고 싶으면 계속 그렇게 있든가.”

윤화는 준택 부부를 할머니 뒤로 재빨리 데려왔다. 귀신은 할머니를 무섭게 노려봤다.

“이 무당 년들, 여기가 어디라고 온 거여?”

할머니는 낫을 든 귀신을 바라봤다. 귀신도 할머니를 노려봤다. 한참을 서로 응시하다가 할머니가 귀신에게 물었다.

“자네, 혹시… 죽은 박 씨 아닌가? 30년 전에 죽은 자네가 어찌 이런 일을 할 수 있는가?”

귀신은 무당 할머니를 비웃었다.

"으헤헤헤… 낄낄낄…. 아암, 그때 나도 이 집에서 죽었지. 날 죽인 귀신 놈이 저기 지붕에서 날 훔쳐보고 있구먼…. 내가 살려달라고 발버둥을 쳤는데, 저 새끼는 끝내 내 목을 졸라 죽이더군."

무당 할머니는 박 씨 귀신을 유심히 보다 주위를 둘러보았다. 건넛방에는 죽은 박 씨의 어머니가 있었고 창고에는 죽은 박 씨의 어린 두 아들이 있었으며 부엌에는 죽은 박 씨의 아내가 쪼그려 앉아 벌벌 떨고 있었다. 할머니는 다시 지붕 위의 귀신을 쳐다보더니 박 씨 귀신에게 물었다.

"박 씨, 저 귀신이 자네를 죽인 건 사실인 것 같지만 자네 가족을 죽인 건… 귀신들이 아니라, 자네구먼?"

박 씨 귀신은 진실을 들킨 듯 멋쩍게 웃어댔다.

30년 전 사건의 전말은 이러했다. 박 씨는 터가 안 좋다는 소문 때문에 땅값이 싸진 이곳에 집을 지었다. 소문과 달리 잡귀는커녕 도깨비불 하나를 못 봤다. 돌아가신 아버지가 일본군을 피해 숨겨놓은 재산을 찾는 데만 혈안이 되어 있었다. 그래도 박 씨의 어머니는 마을 무당의 말을 듣고 혹여나 집 안의 잡귀들이 가족을 해칠까 봐 귀신들에게 음식을 바치며 기도를 했다. 워낙 음기가 강한 터라서 귀신들은 박 씨의 어머니 앞에 금방 모습을 나타냈다. 자신의 터에서 인간이 사는 걸 극도로 싫어하는 귀신들도 친절한 박 씨의 어머니는 잘 따랐다. 전염병을 몰고 다니는 악귀로부터 박 씨의 어린 두 아들을 지켜주기까지 했다.

그러던 어느 날이었다. 박 씨는 아버지가 숨겨놓은 재산을 어머니가 가지고 있다는 사실을 눈치챘다. 어머니는 아버지 재산으로 독립운동 자금을 몰래 대주고 있었다. 아들을 믿지 못한 아버지가 어머니에게 전 재산을 맡긴 것이다. 박 씨는 어머니에게 재산을 내놓으라고 했다. 하지만 어머니는 한 푼도 줄 수 없다며 완강히 거부했다. 머릿속이 핑하고 돈 박 씨는, 결국 돌이킬 수 없는 행동을 하고 말았다. 자고 있던 어머니의 얼굴을 베개로 눌러 질식사를 시킨 것이다. 엎친 데 덮친 격으로 두 아들이 그 모습을 보고 말았다. 두 아들은 아버지가 할머니를 살해한 사실을 어머니에게 말하려고 했으나, 이내 박 씨에게 잡히고 말았다.

"너희들이 본 거 말이여, 누구에게 말이라도 하면 그땐 용서 안 할 거여. 알겠냐?"

일제 치하의 시골에서는 사망신고를 제대로 하지 않아도 넘어갈 수 있었다. 어머니의 장례는 무사히 끝났고 인근 묘지에 안장까지 시켰다. 그런데 마을에 이상한 소문이 퍼지기 시작했다. 귀신이 들끓는 집터 때문에 박 씨 어머니가 죽었다는 내용이었다.

"어제까지 멀쩡했던 노인네가 왜 죽은 거겠어? 무당들이 그러는데 저 집은 굿을 해도 소용없다는 거 아니여?"

운이 좋게도 귀신들이 득실거린다는 소문 덕에 박 씨의 패륜적 살인 행위는 감춰질 수 있었다.

5

박 씨의 아내는 돌아가신 시어머니의 뒤를 이어 귀신에게 밥을 주는 일을 했다. 그날도 평소처럼 부엌에서 음식을 하고 있었다. 그런데 두 아들이 할 말이라도 있는 것처럼, 부엌을 기웃거렸다.

"배고프니? 밥 먹으려면 조금 멀었는데….'"

두 아들은 고개를 절레절레 흔들었다. 박 씨의 아내는 근심이 가득한 두 아들의 얼굴을 보면서 무슨 일이 있음을 직감했다.

"무슨 일인데 그러니?"

두 아들은 주위를 살폈다. 아버지가 집에 없는 것을 알고 어머니에게 그날의 일을 전했다.

"어머니, 아버지가 하… 할머니를 죽였어요."

박 씨의 아내는 당황했다. 믿을 수 없었다. 그런 소리는 하는 것이 아니라고 야단쳤다. 망치로 머리를 세게 얻어맞은 기분이었다. 하지만 곧 아이들의 나쁜 말장난이라 여겼다.

그러던 어느 날이었다. 박 씨의 아내는 두 아이에게 손찌검을 부쩍 자주 하는 남편이 불편했다. 그래서 조심스레 이야기를 꺼냈다.

"여보, 아이들에게 너무 심하신 것 아니에요? 안 하던 손찌검을 다 하시고 말이에요. 말로 좋게 타이르셔요."

박 씨는 슬슬 짜증이 났다. 죽은 어머니에게서 거액의 재산도 빼앗았겠다, 더 이상 마누라의 잔소리를 들으며 살 필요가 없었다.

"네년이 뭘 알아? 이놈의 집구석 꼴도 보기 싫다."

박 씨의 아내는 남편에게 생전 처음 욕을 들었다. 예전의 남편이 아니었다. 다시 예전의 자상한 남편이 되길 바라는 마음에서 해서는 안 되는 말을 하고 말았다.

"여보, 오죽하면 우리 애들이 아버지가 무서워서, 당신이 할머니를 죽였다고 하잖아요."

순간 박 씨의 표정이 굳었다. 이내 아들 둘의 멱살을 잡아 창고 안으로 끌고 들어갔다. 물건으로 뭔가를 세차게 내려치는 소리와 아이들의 비명, 곧이어 울음소리가 들렸다. 아이들은 살려달라며 울부짖었다.

"아버지, 살려주세유…. 아버지 제발 살려…주세유…."

놀란 박 씨의 아내는 창고 문을 열기 위해 안간힘을 썼다. 아무런 소용이 없자, 커다란 돌멩이로 손에서 피가 나도록 문을 내리쳤다. 이윽고 문이 열렸다. 그러나 문이 열리는 동시에 두 아들의 비명도 멈췄다. 싸늘한 주검이 된 두 아들을 본 박 씨의 아내는 아무 말도 할 수 없었다. 그런 아내를 보며 박 씨는 강제로 설득시키려는 듯 주절거렸다.

"괜찮여, 아이는 또 낳으면 되잖여? 그냥 사고라고 생각혀…, 사고라고…."

한순간에 악마로 변한 남편을 본 박 씨의 아내는 참을 수 없는 고통이 밀려와 숨도 제대로 쉬지 못했다. 가슴을 부여잡고 소리 없는 통곡만 할 뿐이었다. 마을에는 두 아들이 창고에서 뛰놀다가 변을 당했다고 알려졌다. 박 씨의 아내는 자신이 본 것을 입 밖으로 낼 수 없었다. 박 씨는 아내를 집 밖으로 내보내지 않았다. 박 씨의 아내는 하루가 멀다 하고 눈물과 토사물을 쏟아냈다. 그러거나 말거나 박 씨는 빼앗은 재산으로 도시에서 향락을 즐기며 새 인생을 시작하고 싶었다. 문득, 아내가 장애물처럼 느껴졌다.

"이왕 이렇게 된 거 마누라도 죽이고 새 인생을 살아? 이 정도 돈이라면 조선 바닥 어디에서도 떵떵거리면서 살 수 있는디. 암… 그동안 아껴가며, 있는 놈들 앞에서 자존심 굽혀가며, 왜 이리 살았는지 모르겠네. 쩐이면 다 되는 것을 말이여."

당장 집으로 가서 계획을 실행했다. 부엌에 있던 아내의 목을 졸라 살해했다. 마을 사람들은 두 아이를 잃은 슬픔이 커서 자살했다고 믿었다. 박 씨는 의심을 받을까 봐 아내의 장례식 날만큼은 슬픈 척을 했다. 하지만 속마음은 빨리 도시에 가서 향락을 즐기고 싶었다. 결국 박 씨는 집안의 모든 재산을 정리하고 떠날 준비를 했다. 끔찍한 일을 저질렀던 집에서 나가려는 순간, 집 안 곳곳에서 괴상한 소리가 들려왔다.

"이보게, 박 씨. 어딜 그렇게 가는가…. 우리랑 살아야지…."

한 사람이 아닌, 꽤 많은 사람들이 자신을 부르는 것 같았다. 박 씨는 갑자기 오싹한 기운을 느꼈다.

"이보게, 박 씨…. 어머니를 살해하고, 처자식도 죽이고, 아내까지 죽였는데, 새 인생 살기가 어디 쉬운가…. 그러지 말고 우리랑 같이 여기 있게나…."

박 씨는 두려웠지만 밖으로 나가면 그만이라 생각했다. 집에서 빨리 나가려고 대문을 미는데 열리지 않았다. 세게 흔들어도, 몸으로 부딪쳐도 문은 열리지 않았다. 담이라도 넘으려고 마당으로 돌아가는데, 누군가가 빠르게 기어 오며 박 씨의 다리를 잡았다. 놀란 박 씨는 나자빠졌다. 온갖 잡귀들이 집에 우글댔다. 박 씨의 다리를 잡은 귀신이 엉금엉금 다가와 얼굴을 들이밀었다.

"박 씨, 왜 할머니를 죽였대? 불쌍한 할머니… 불쌍한 아이들… 불쌍한 자네의 아내… 왜 죽였대? 너는 귀신보다 못한 인간이여…."

귀신은 박 씨의 멱살을 잡고 흔들었다. 박 씨는 두려웠지만 살아야겠다는 생각에 귀신을 뿌리쳤다. 그런데 온갖 귀신이 이미 박 씨의 앞을 막고 있었다. 좀 전에 자신을 잡았던 귀신이 말했다.

"귀신인 우리도 자네 가족의 은혜를 아는데…. 너는 재물에 눈이 멀어 아들이면서, 남편이면서, 아버지이면서, 가족들을 무참히 죽였어. 사람으로 살 자격이 없는 거여. 옥황상제가 용서해도 우리가 용서를 못 혀. 그냥 여기서 평생 우리랑 살자."

귀신은 박 씨의 목을 졸랐고, 박 씨의 목숨은 귀신들이 가져갔다. 마을 사람들이 박 씨를 발견했을 때는 처마에 목이 매달려 죽어 있었다. 그리고 귀신도 모르게 누군가가 박 씨의 발아래에 유서를 써놓았다. 모두 귀신 때문이라고 말이다. 아마도 박 씨의 가방에 있던 돈을 훔쳐 간 작자일 것이다. 박 씨 일가의 죽음은 세월과 함께 잊혔다.

하지만 죽은 박 씨는 사악한 살인귀가 되어 그 집에 남았다. 이제 다른 귀신들조차 살인귀 박 씨가 무서워서 집 안 구석구석에 꼭꼭 숨어버렸다. 박 씨 귀신은 그 집에 들어왔던 모든 이들에게 해를 입혔다. 박 씨의 혼이 어찌나 사악한지, 유명한 무당도 혀를 내둘렀다. 시간이 흘러 준택이 이곳에 왔을 때도 박 씨는 준택네 식구가 마음에 들지 않았다. 자신의 집에서 행복하게 서로를 믿으며 살려고 했기 때문이다. 그런 모습에 화가 나 준택네 딸의 목을 졸랐던 것이다. 살인귀 박 씨는 긴 혀를 내두르며 여전히 준택 부부를 조롱했다.

"으헤헤헤헤…. 그려, 내가 다 죽였지. 이히히히… 남의 집에서 행복하게 잘 살 수 있을 줄 알았냐? 저 무당 년만 아니었어도…. 아쉽네, 아쉬워…."

살인귀 박 씨는 준택 부부가 괘씸한 듯 낫을 들고 달려들었다. 무당 할머니와 윤화는 5월에 꺾어 만든 버드나무 줄기를 휘두르며 박 씨가 오지 못하게 했다.

"박 씨, 죽어서도 죄를 지으면 그 업보를 다 어떻게 감당할 거여? 이제 그만… 놓아줘…."

살인귀는 여전히 사나운 낫을 들고 위협적으로 덤비려했지만, 버드나무 줄기 때문인지 쉽게 달려들지는 못했다. 살인귀의 사악함이 극에 달해 무당 할머니도 다가갈 엄두가 나지 않았다. 설상가상으로 집에 있던 잡귀들이 모두 걸어 나오고 있었다. 무당 할머니는 다급하게 말했다.

"내가 해결할 테니, 모두들 이곳에서 나가…."

윤화나 준택 부부가 말을 들을 리 없었다. 모두들 겁에 질려 망령들이 다가오는 것을 지켜보는 수밖에 없었지만, 할머니만 내버려두고 갈 수는 없었다.

망령들은 하나같이 뭐라고 중얼거렸다. 무당 할머니는 그것을 한참 동안 바라보았다. 그러다 갑자기 윤화와 준택 부부를 향해 소리쳤다.

"대문을 열고 어서 나가! 지금이 아니면 살아서 나가지 못혀!"

바로 그때, 집에 있던 모든 망령들이 살인귀 박 씨를 부여잡았다. 박 씨는 분노하며 자신의 몸에 붙은 귀신들을 털어내려고 발버둥 쳤다. 이 집의 망령들은 인간들에게 어서 나가라고 외쳤다. 그들은 살인귀 박 씨를 잡으려고 했지만 좀처럼 기회가 오지 않았다. 박 씨를 잡은 망령 중에는 박 씨가 죽인 자들도 있었다.

"어서… 나가…. 어서… 나가…. 어서… 나가…."

어마어마하게 무서운 광경에 준택 부부는 눈을 뗄 수 없었다. 무당 할머니는 모두를 데리고 그 집에서 나왔다. 박씨가 울부짖는 소리가 문밖까지 울렸다. 요란한 소리가 사방에 퍼졌다. 무당 할머니는 황급히 문을 닫았고, 어서 자리를 뜨자고 말했다. 준택 부부는 그 집을 멍하니 바라보고만 있었다. 행복하게 살아보자고 다짐했던 집에, 그런 끔찍한 사연이 있을 줄은 꿈에도 생각지 못했다.

　다음 날 아침, 무당 할머니는 건장한 사내들과 그 집을 찾았고 부적과 함께 새끼줄을 엮어 대문을 봉인했다. 다시는 들어가는 사람이 없게 새끼줄뿐만 아니라, 철사로 단단히 묶었다. 몇 년 뒤, 그 집은 손녀인 윤화에 의해서 불에 타 없어졌다.

손각시

1

1970년대 즈음, 경상남도 하동의 조그마한 마을에 덕배라는 아이가 살았다. 덕배는 마을에서 제일가는 효자였다. 어린 나이에 아버지를 여의고 홀어머니를 도왔다. 거기에 어린 동생까지 돌보는, 실질적인 가장이었다. 학교를 마치면 어머니가 있는 시장으로 가서 생선 파는 일을 돕다가, 동생을 집으로 데려와서 챙기는 것이 하루 일과였다. 그것은 쉬운 일이 아니었다. 학교에서 시장까지 3킬로미터 정도를 걸었고, 시장에서 집까지 다시 5킬로미터 정도를 걸었다. 어쩔 수 없는 일이지 않은가? 1970년대 시골이니 말이다. 그런 불편함에도 불평불만이 없었던 덕배는 '어떻게 하면 어머니 마음의 짐을 덜 수 있을까?' 오로지 그 생각뿐이었다.

여느 때처럼 동생을 업고 집으로 돌아가는 길이었다. 덕배는 갑작스레 소변이 마려웠다.

"미순아, 오빠야 오줌 좀 쌀게. 뒤에서 옷 단디 붙잡고 있으라."

덕배는 소변을 누면서도 동생에게서 눈을 떼지 않았다. 그런데 갑자기 안개가 눈앞을 가리며 지나갔다. 앞이 하나도 보이지 않을 정도로 새하얀 안개였다. 안개에 정신이 팔려 동생 미순이 사라졌다는 걸 뒤늦게 알았다. 덕배는 까무러치게 놀랐다. 안개 속을 헤치며 동생의 이름을 크게 불렀다.

"미순아, 어디 있노? 미순아, 미순아!"

안개가 조금씩 걷히기 시작했다. 좀 전까지 곁에 있던 미순이 100미터 정도 떨어진 곳에 쭈그리고 앉아 있었다. 덕배는 쏜살같이 달려갔다. 미순은 그런 오빠를 보며 천진난만하게 손을 흔들었다.

"야이, 가스나야. 어떻게 된 거고?"

미순은 해맑은 표정으로 뭔가를 자랑하듯이 흔들어댔다.

"어휴, 이게 뭐고?"

"몰랑, 주웠당…. 이쁘제? 헤헤…."

산딸기 열매 모양의 붉은 머리핀이었다. 그러나 덕배의 눈에는 머리핀 따위가 들어오지 않았다. 동생을 잃어버리는 줄 알고 기겁을 했기 때문이다. 그래도 동생을 찾아서 어찌나 다행인지, 미순의 머리를 쓰다듬으며 안도했다.

"고마 빨리 가자."

"응…."

집에 도착한 덕배는 동생을 먼저 씻겼다. 그러고 나서 어머니가 돌아오기 전에 밥을 지었다. 꽤나 먼 거리를 걸어왔던 터라, 시장에서 먹은 밥은 소화가 된 지 오래였다.

"오빠야, 배고프당."

"배고프다고? 조금만 기다려봐라, 고구마 줄게."

덕배는 부엌 찬장에서 아침에 찐 고구마를 꺼내 미순에게 먹였다. 동생은 고구마를 먹으며 좀 전에 주웠던 머리핀이 마음에 드는지 요리조리 구경하다 머리에 꽂아보았다.

"오빠야, 내 예쁘젱? 헤헤…."

"어… 예쁘네? 아까 거기서 주웠나?"

"응, 오빠야인 줄 알고 따라갔는데… 오빠야가 아니고 어떤 아주머니더라. 그래서 거기서 오빠야 기다리다가 땅에서 주웠당, 헤헤…."

"어? 뭐라고?"

덕배는 이상한 생각이 들었다. 그 시간에는 그 길에 사람이 지나다니지 않는다. 덕배와 미순이 수없이 오간 길이었지만, 사람을 만난다는 것은 상상도 못 할 일이었다. 그날도 덕배와 미순 외에 지나가는 사람은 없었다. 누군가를 만난다고 하더라도 같은 마을 사람이지 않겠는가. 동생이 그 길에서 처음 본 누군가를 따라간다는 건 있을 수 없는 일이었다. 덕배는 어린 동생이 착각하는 줄 알고 그냥 넘겼다. 바로 그때, 누군가가 대문을 세차게 두드렸다.

"쾅쾅쾅…."

미순은 엄마라며 문을 열려고 달려 나갔다. 엄마가 오기에는 너무 이른 시간이라 생각한 덕배는 동생의 팔을 붙잡았다. 엄마라면 분명 이름부터 불렀을 것인데 말이다. 마을 사람이라고 해도 문을 저토록 세게 두드릴 리는 없었다. 불안한 덕배는 동생의 입을 막고 조용히 하라는 손짓을 했다.

"오빠야, 왜?"

"미순아, 잘 들으레이. 지금은 어무이가 올 시간이 아니다. 그리고 이 시간에 우리 집에 올 사람이 없다…."

그러나 무슨 일일까. 문밖에서 어머니의 목소리가 들렸다.

"덕배야, 미순아. 문 좀 열어도…. 엄마가 팔을 다쳤다."

그제야 덕배와 미순이 안심하고 문 앞으로 갔다. 순간 대문 아래를 본 덕배는 흠칫하며 멈춰 섰다. 문틈으로 보인 신발은 어머니의 것이 아니었다. 어머니는 늘 낡은 검은색 고무신을 신었는데, 그것에는 붉은 천에 화려한 꽃 모양이 수놓여 있었다. 덕배는 다시 미순의 팔을 잡았다.

"왜? 오빠야…."

덕배는 손가락으로 대문 밑을 가리켰다. 미순도 어머니의 신발이 아닌 걸 알고 깜짝 놀랐다.

"덕배야, 미순아. 어서 문 좀 열어달라니깐? 엄마가 팔을 다쳤다…."

무서운 생각이 든 덕배는 심호흡을 한 번 하고 침착하게 말했다.

"저… 우리 어무이 아니잖아요. 우리 어무이 신발이 아닌

데요?"

문을 두드리던 소리가 그쳤다. 덕배와 미순은 쭈그리고 앉아 대문 아래만 바라봤다. 그런데 문틈으로 보이던 다리가 서서히 무릎을 구부리는 것이 아닌가? 검은색 치마가 다리를 덮은 것이 누가 봐도 어머니는 아니었다. 확신에 찬 두 남매는 겁이 났다. 덕배는 미순에게 방 안으로 들어가라고 말했다. 그러고는 엎드려서 문틈을 응시했다. 바로 그때, 창백한 흰 얼굴의 여자와 눈이 마주쳤다. 그녀는 소름 끼치는 미소로 낄낄댔다.

"으히히히… 덕배야, 미순아. 문 좀 열어달라니깐? 낄낄 낄…."

누가 봐도 저것은 사람이 아니었다. 당장 방 안으로 들어가 미순을 꼭 안고 이불 속에 숨었다. 여자의 웃음소리가 어찌나 큰지 집이 흔들릴 정도였다. 미순은 무서워서 울먹이기 시작했다.

"낄낄낄… 덕배야, 미순아. 문 좀 열어달라니깐? 낄낄낄 낄낄낄…."

고양이가 가르릉대듯, 여자는 날카로운 목소리로 남매를 불렀다. 덕배와 미순은 서로를 부둥켜안으며 벌벌 떨었다. 그래도 덕배는 오빠인지라 동생을 지켜야겠다는 생각이 들었다.

　"미순아, 걱정 말그레이…. 어무이가 대문에 붙인 부적 때문에 저 귀신 년이 함부로 집 안까지는 못 들어올 거다."

　미순은 고개를 끄덕였다. 그렇게 요망한 것이 덕배와 미순을 부르고 있을 때, 갑자기 문밖에서 마을 사람들의 소리가 들려왔다.

　"이 요망한 년아, 어데 사람 사는 데 찾아와서 울어쌨노?"

　순간 우당탕탕 소리가 요란하게 나더니, 어머니와 마을 사람들이 덕배와 미순을 불렀다. 덕배는 조심스럽게 밖으로 나와 진짜 어머니인 것을 확인하고 문을 열었다. 어머니를 발견한 덕배는 그제야 울음을 터트리며 달려갔다.

"걱정 말그라. 그 요망한 손각시 년, 이 어무이가 물리쳤다."

어머니는 그날따라 날씨가 좋지 않아서 장사를 일찍 끝내고 집에 가게 되었다. 그런데 누군가가 문 앞에서 엉덩이를 살랑살랑 흔들며 낄낄대고 있었다. 한눈에 봐도 사람이 아니라는 생각에 무당 할머니와 마을 사람들을 데리고 왔다. 하지만 공포는 그것으로 끝이 아니었다.

2

그날 밤 덕배는 쉽게 잠들지 못했다. 어머니가 운 좋게 발견해서 마을 사람들을 불렀다고는 하지만, 그것을 완전히 없앤 것은 아니기 때문에 또 나타날 것만 같았다. 덕배는 문틈으로 본 그녀의 얼굴을 잊을 수 없었다. 웃는 듯 우는 듯 괴상야릇한 표정으로 자신을 흘겨보고 있는 것을 말이다. 새하얀 피부를 가진 그녀, 피 칠갑을 한 것처럼 새빨간 손톱을 들이밀며 자신과 미순을 잡으려 했던 모습이 고모가 말해줬던 처녀 귀신 같았다.

덕배는 기억을 떠올렸다. 자신이 미순의 나이였을 무렵, 고모가 해줬던 그 이야기를 말이다. 고모는 유독 안개가 심한 날을 조심하라고 했다. 음기가 충만한 날이라서 귀신이 활동하기 좋기 때문이었다. 그런 날에 아이나 기가 약한 사람이 밖에 나가면 귀신에게 홀려 변을 당하는 일이 빈번하다고. 자리에서 벌떡 일어난 덕배는 불안함에 미순을 재우던 어머니에게 물었다.

"어무이, 진짜 그 요물이 또 우리 집에 오는 거 아니에요?"

어머니는 더 이상 걱정하지 말라는 듯 손사래를 쳤다.

"어데? 그 요망한 기 이제 집에 못 올 끼라. 무당 할매한테 부적 좋은 거 하나 써달라고 해서 대문 앞에 붙였다. 그기 이젠 얼씬도 못 할 끼다. 그리고 덕배야, 니도 아나… 이거 받아라."

어머니는 웬 나뭇가지 하나를 덕배에게 건넸다. 복숭아 나뭇가지였다. 잡귀나 요망한 것을 쫓아주는 데 효과가 있다고 했다.

"그 요망한 기 또 느그 앞에 나타나면 이걸로 냅다 후려 쳐라."

그럼에도 불구하고 덕배의 두려움은 쉽게 가라앉지 않았다. 그럴 용기도 없을 뿐더러 다시는 그런 요물을 보고 싶지 않았다. 어머니도 걱정이 되었는지, 한동안 이른 새벽에 덕배와 미순을 깨워 같이 시장에 나갔다가 퇴근할 때도 같이 집에 오곤 했다.

그러던 어느 날, 추석 무렵이었다. 대목이라 어머니는 눈코 뜰 새 없이 바빴다. 덕배와 미순은 할 수 없이 예전처럼 단둘이 먼 거리를 걸어서 집에 가게 되었다. 그런데 갑자기 안개가 심하게 몰아쳤다. 덕배는 순간 그날의 일이 생각나 미순의 손을 꼭 잡았다.

"오빠야, 아프다. 와 이리 손을 세게 잡는데?"

오빠 마음도 모르고 푸념만 늘어놓는 미순이었다. 덕배는 직감적으로 알았다. '오늘 그 요망한 것을 만날 수도 있겠구나', '내가 미순이를 지켜야 한다', '복숭아 나뭇가지가 책가방에 있는데 어떡하지?' 등 오만 가지 걱정과 불안이 밀려들었다.

"미순아, 빨리 걸어서 집에 가야 한다. 안 그러면 그때처럼… 이상한 기 나타날지도 모른다."

덕배는 빠르게 걷다 못해 나중에는 미순을 안고 뛰었다. 다행히 귀신을 만나지 않고 집에 도착했다. 덕배는 서둘러 대문을 잠갔다. 하지만 덕배는 보고 말았다. 문틈 사이로 그 여자가 걸어오고 있는 것을 말이다. 덕배를 더욱 오싹하게 만든 것은 그것이 내는 이상한 웃음소리였다. 여자가 호랑이처럼 네 발로 기어 오는데, 그 괴기한 모습에 덜컥 겁이 났다. 덕배는 눈을 뗄 수 없었다. 요물은 덕배가 자신을 바라보고 있다는 것을 아는 듯 순식간에 다가왔다. 부적이 붙은 대문에는 차마 손을 대지 못하고 문 아래로 불쑥 얼굴을 내밀었다. 덕배는 요물과 눈이 마주치자 온몸이 경직되었다. 찢어진 눈은 덕배를 무섭게 노려보고 있었다.

"어서 문 열어라, 덕배야. 끼룩끼룩….'

덕배는 겁을 먹어 속이 울렁거렸다. 마당에 있는 큰 돌을 요물에게 던졌다. 돌에 맞은 요물은 이상한 소리와 함께 얼굴을 대문 아래에서 뺐다. 하지만 화가 단단히 났는지, 머리로 대문을 들이 받았다.

"어서 열어라, 어서 열어… 어서 열어달란 말이다. 끼룩끼룩…."

그녀의 날카로운 목소리에 덕배는 잠깐 얼어 있었지만, 동생인 미순을 지켜야겠다는 일념에 방으로 뛰어 들어갔다. 그러나 경악을 금치 못할 일이 벌어졌다. 동생 미순이 식칼을 들어 방에 붙어 있는 부적을 마구 벗기고 있었다. 덕배는 미순을 부여잡고 흔들었다.

"미순아, 정신 차리라. 이게 뭐 하는 기고?"

미순이 이상했다. 어머니 화장품을 찍어 발랐는지, 얼굴에는 새하얗게 분칠을 했고, 입술에는 뭔가가 새빨갛게 발라져 있었다. 어머니의 치마를 둘러 입고 주운 머리핀까지 꽂고 있었다. 덕배가 정신 차리라고 하자, 미순은 매서운 눈으로 덕배를 노려봤다. 이어 문밖의 그것과 같은 표정을 지으며, 같은 소리를 내기 시작했다.

"끼룩끼룩, 끼룩끼룩."

덕배는 소스라치게 놀랐지만, 동생이 잘못될까 봐 꽉 껴안고 눈물을 흘렸다. 그러나 미순은 어마어마한 힘으로 덕배를 밀치고 대문을 향해 뛰쳐나갔다. 급기야 닫혀 있던 대문을 활짝 열었다. 덕배는 너무 놀라 아무것도 하지 못하고 주저앉았다. 그 요물과 미순이 자신을 향해 어슬렁어슬렁 걸어오고 있었기 때문이다. 요물은 앙칼지지만 부드러운 어투로 말했다.

"덕배야, 너도 이 누나 따라가자."

요물은 말을 할 때마다, 자신의 몸을 꿀렁였고 얼굴을 일그러뜨렸다. 덕배는 사시나무 떨듯 떨었지만, 동생을 구하지 못하면 어머니를 볼 면목이 없을 것 같아 책가방에서 복숭아 나뭇가지를 꺼내 들었다. 요물이 그것을 보고 조심스레 마당 앞을 어슬렁거렸다. 덕배도 요물과의 대치 상황에서 지지 않으려고 안간힘으로 버텼다. 꽤 오랜 시간 동안 서로를 바라만 보다가 요물은 순식간에 미순을 잡아채 빠르게 도망갔다. 덕배는 요물의 뒷모습만 보며 울음을 터트렸다. 그것이 시야에서 사라지자, 덕배는 재빨리 무당 할매 집으로 달려갔다.

3

덕배는 울며불며 무당 할매를 찾았다.

"무당 할매, 무당 할매, 미순이가 요물 년한테 잡혀갔십니더. 어떡해요, 우리 미순이 그것한테 죽으면 어떻게 해요."

할매는 덕배를 기다리고 있었다는 듯 복숭아 나뭇가지를 엮고 있었다.

"내도 안다, 그 요망한 년. 다시 올 줄 알았다. 고것이 어찌나 한이 서려 있던지, 장군님 심기가 불편할 정도 아니겠나? 덕배야, 할매는 그 요망한 년 빨랑 쫓아갈 테니까, 니는 마을 사람들 좀 데리고 오니라. 그년 멀리 못 갔을 기라. 할매가 꽹과리 칠 테니까, 소리 듣고 잘 찾아와야 한데이."

덕배는 마을 이장을 찾아갔다. 이장이 마을의 건장한 사내들을 불러 모았다. 그들은 손에 연장과 횃불을 들고 나타났다. 할매의 꽹과리 소리가 저 멀리서 들리자 하나같이 바쁘게 움직였다.

"덕배야, 단디 쫓아오니라. 할매 꽹과리 소리 요란한 거 보니까, 퍼뜩 가야겠다."

할매도 그것의 뒤를 냉큼 쫓았다. 요망한 것이 어찌나 신이 나게 들판을 기었던지, 발자국이 불규칙적으로 요란하게 나 있었다.

"참말로 요망한 년이데이, 내 무당 짓 40년 동안 이런 요물은 처음 봤데이."

굽은 허리와 부실한 다리로 힘겹게 요물의 흔적을 찾아올랐다. 언덕 위에서 손각시를 발견할 수 있었다. 그것은 미순을 땅에 내려놓고 덩실덩실 춤을 추고 있었다. 하지만 할매의 기척을 느낀 손각시는 목을 길게 뺀 채로 노려봤다. 할매는 꽹과리를 요란하게 치며 손각시가 싫어하는 주문 같은 걸 읊어댔다. 요란한 소리와 할매의 주문이 손각시를 경직시켰다.

"나무아미타불 나무아미타불 나무아미타불…."

요망한 것은 머리를 쥐어뜯으며 비명을 질렀다.

"야이 노망난 할망구야, 그만 좀 해라…. 으히히… 그만
해… 으히히… 으헤헤헤헤… 끼룩끼룩."

할매는 고통스러워하는 손각시를 보며 더욱 집중했
다. 때마침 요란스러운 소리를 들은 미순이 잠에서 깼다. 미
순의 눈앞에 이목구비가 일그러진 손각시가 있었다. 겁에
질려 우왕좌왕하는 사이, 할매가 당장 자기 곁으로 오라고
소리쳤다. 그제야 할매 곁으로 뛰어갔지만, 그것을 본 요망
한 손각시는 팔을 길게 뻗어 미순의 다리를 잡았다.

"어딜 도망가? 끼룩끼룩… 어떻게 잡은 먹잇감인데… 으
히히히."

손각시의 광기 어린 모습에 미순은 겁을 먹고 울음을 터
트렸다. 바로 그때, 덕배와 마을 사람들이 언덕으로 올라왔
다. 덕배는 손각시가 미순의 다리를 잡고 있는 광경을 보자,

화가 치밀어 올랐다. 그래서 복숭아 나뭇가지 뭉치로 요망한 것의 손을 세게 내려쳤다. 팟 하는 소리와 함께 요물의 손에서 불꽃 같은 것이 튀었다. 요물은 고통스러운지 더욱 거세게 울어댔다.

"끼룩끼룩… 덕배… 네 이놈, 내가 네놈만은 용서하지 않는다…. 끼룩끼룩…."

무당 할매 역시 복숭아 나뭇가지 뭉치로 손각시를 세게 내려쳤다. 요물의 몸에서 역한 냄새와 함께 연기가 피어올랐다. 이윽고 사람의 형체를 벗고 본 모습을 드러냈다. 그것은 거대한 살쾡이였다. 자신의 모습을 들킨 살쾡이는 재빠르게 도망갔다. 어찌나 빠르게 뛰쳐나가던지, 사람의 걸음으로는 절대 쫓을 수 없을 정도였다. 사내들이 쫓으려고 하자, 무당 할매는 손으로 가로막았다.

"함부로 쫓아가면 우리가 더 위험하데이…. 저건 진짜 위험한 요물인 기라."

마을 이장이 무당 할매에게 물었다.

"할매 와 그란데예? 저거 고작 사람으로 둔갑한 살쾡이 아입니꺼?"

무당 할매는 혀를 차며 고개를 저었다.

"덕배야, 미순아… 느그들은 참말로 운이 좋았데이. 저런 요물한테 홀리는 날에는 뼈도 못 추리지. 영물이 한 많은 인간의 시체를 먹으면 요물이 되는 기라. 아 못 낳는다고 남편한테 소박맞은 여인네가 갈 곳이 없어가, 벌벌 떨다가 산에서 요절했고만. 살쾡이가 여인네 시체를 뜯어 먹고 빙의된 기라, 아암 빙의가 된 것이지."

무당 할매는 미순에게 다가갔다. 머리에 있는 산딸기 모양의 머리핀을 유심히 보았다.

"이거구먼? 미순아, 이 할매가 새 머리핀 사줄 테니까, 그거 할매한테 주라."

미순은 할매가 머리핀을 뺏는 줄 알고 손으로 감췄지만 덕배가 설득하여 간신히 내주었다. 할매는 머리핀을 보더니, 여인네의 한이 심하게 느껴진다고 했다.

"한 맺힌 물건은 함부로 가져오는 기 아이다. 그 요망한 것이 이걸로 미순이를 꼬셨어. 애초에 미순이를 잡아가려고 계획을 세웠던 기야. 참으로 요망한 것… 쯧쯧…."

그러니까 요물은 자신이 죽던 날 꽂고 있던 머리핀을 미끼로 미순을 홀렸던 것이었다. 아이를 낳지 못해 소박맞았다는 한과 살쾡이가 맛본 인간고기에 대한 탐욕 때문에 미순을 노린 것이었다. 뒤늦게 찾아온 어머니는 무사한 덕배와 미순을 보고 부둥켜안으며 참았던 울음을 터트렸다. 그후 덕배네는 시장 가까이에 집을 얻어 이사를 갔다. 어머니는 먹고사는 문제보다 두 자식이 소중하다고 했다.

시간이 꽤 흘렀다. 대학생이 된 덕배는 방학을 맞아 고향에 내려갔다. 자신이 살았던 마을에 친구들이며 이웃들을 보러 간 것이다. 그러다가 옛 생각이 나서 어릴 적 살던 집터에 가보았다.

지붕을 보니, 그 시절에 봤던 요망한 것이 덕배를 기다리고 있었다는 듯 앉아서 내려다보고 있었다. 너무 오랜만에 보는 요물이라 그런지, 덕배도 긴장을 하며 한참 동안 그것을 바라보았다. 서로를 응시하다가 그것이 먼저 이상한 소리를 내며 뒷산으로 기어갔다. 이후 덕배는 요망한 그것을 본 적이 없다고 한다.

귀타귀

1

아버지가 돌아가셨다. 아침까지 잘 챙겨 드시고 화투점을 보시다 심장을 움켜쥐며 쓰러졌다. 도무지 이해할 수 없었다. 겨울철에 감기도 걸리지 않던 분이 그렇게 허무하게 가실 줄이야.

연이어 작은아버지가 돌아가시고, 그의 아들이던 사촌동생도 요절했다. 사인은 아버지처럼 심장마비. 알 수 없는 일이었다. 평소 간이 약한 집안 내력 때문에 누구보다 건강을 잘 챙기던 양반들 아닌가? 다음은 내 차례 같았다.

그날 이후, 희한한 꿈만 꾸는 것이 영 불안했다. 흉측한 귀신들 여럿이 내 사지를 물어뜯는 것이다. 아무리 생각해도 집에 마魔가 낀 것 같았다. 도대체 무엇 때문일까? 답답한 마음에 마을에서 가장 용한 무당을 찾았다.

"자네 얼굴이 안 좋구면? 집에 아주 못된 귀신이 들어왔어. 원한이 가득하네."

나이도 얼마 먹지 않은 처자가 세상의 이치를 다 안다는 듯 혀를 차며 말했다.

"조상이 죄를 지었어. 사람을 죽였구면? 당신네 삼대를 말아먹으려고 벼르는 중이야. 이래서 죄를 지으면 안 되는 것이지, 쯧쯧쯧….."

무당이 못된 여우 같은 표정으로 쏘아보며 말하는데, 등골이 오싹했다.

"이건 방도가 없어. 너무 잔인하게 죽였거든…. 결혼한 아녀자를 건드렸네? 그러곤 우물 속에 풍덩…. 어이쿠, 참으로 나쁜 양반이구면?"

무당은 쉬지도 않고, 목격자처럼 오래전 일을 설명했다.

"죽어서 귀신이 된 자를 복수도 못 하게 우물 속에 가뒀어? 일본 무당까지 불러서 다시는 나오지 못하게 굿까지 한 판 벌였는데… 이걸 어쩌나. 누군가 우물을 열었네?"

오래된 그 집, 할아버지가 첩과 살았던 그 집을 말하는 것 같았다. 할아버지 집이 맞는지 무당에게 여러 번 물었지만, 더 이상 답하지 않았다. 다만, 그 요망한 것이 벌써 우리 집 안에 들어왔고 복수를 시작했다며, 고개를 절레절레 흔들었다.

"그럼 보살님이 좀 없애주구려. 내 돈은 얼마든지 주겠소."

돈이란 말에 무당이 흔쾌히 수락했다. 단돈 100만 원으로 우환을 없앨 수 있다면, 훨씬 이득이 아닌가? 솔직히 200만 원도 상관없었다. 그러나 무엇이 문제였을까? 무당이 우리 집에 오기로 한 날, 지나가는 버스에 치여 죽었다. 귀신의 저주인가?

또 다른 용한 무당인 포도 도령을 찾아갔다. 그는 가는 눈을 찌푸리며 혀를 찼다.

"쯧쯧쯧, 어리석다, 어리석어…. 돈 몇 푼에 바짝 독이 오른 귀신과 싸워보려 하다니, 자네나 그 여자나 참 어리석어. 자네 집에 든 악귀는 무당도 소용없어. 이만 가보게, 나까지 죽을 수 있으니까."

환장할 노릇이었다. 우리 집에 지독한 악귀가 산다니, 그 요망한 것에 혐오감이 들기 시작했다. 안 그래도 큰애가 오전부터 기침을 콜록거리며 고열이 나 걱정인데 봉변을 당할 것 같은 예감이 들었다.

"방법이 없을까요? 도령님, 돈은 얼마든지 드릴 테니까… 방법 좀 부탁드립니다."

애원하며 안주머니에 든 돈뭉치 다발을 꺼내 선반 위에 얹자, 무당의 낯빛이 환하게 바뀌었다. 그제야 무당은 방울 같은 걸 흔들며 신의 계시를 받기 위해 뭔가를 중얼중얼 읊었다. 그 모습이 참 오묘한 것이 눈을 까뒤집었다가, 인상을 찌푸렸다가, 혀를 내미는데 영 미친 사람 같았다. 그래도 접신하는 과정이려니 싶어 이해하려고 했다. 한참 요란한 표정을 짓다가, 비린 날생선을 먹은 듯한 얼굴로 시간이 멈춘 것처럼 한동안 있었다.

"어허, 어허, 이거 큰일이구먼, 큰일이야. 그 귀신이 말이야, 자네 가족 중 한 사람으로 둔갑을 했어. 어휴, 참말로 머리 아픈 일이네? 고 나쁜 것이, 자네 가족 모두를 죽일 것이야."

가슴이 철렁 내려앉았다. 귀신이 식구 중 누군가로 둔갑했다는 소리에 온몸에 소름이 돋았다.

포도 도령은 이전에 죽은 무당이 말한 것처럼, 고것이 100년에 한 번 정도 나오는 한이 서린 귀신이라고 했다. 할아버지가 죽인 그녀가 집안에 복수를 한 것이라며, 집안이 풍비박산할 위기에 처했다고 했다. 최근에 돌아가신 아버지와 작은아버지, 사촌 동생까지 그 요망한 귀신의 짓이라는 말에 애가 탔다.

또다시 포도 도령이 이상하고 괴기한 표정을 연거푸 짓

더니, 이번에는 우리 큰애가 위험하다고 했다. 눈에 넣어도 안 아플 내 아이가 위험하다니, 태어나서 처음으로 경험하는 공포였다. 포도 도령은 겁에 질린 나를 보고 혀를 차며, 사랑방 뒤편 창고로 들어갔다. 잠시 후, 고운 분홍색 비단으로 싼 상자를 들고 와 조심히 풀었다.

"조선시대에 유명한 퇴마사 하나가 있었는데 말이야. 그 양반이 쓴 부적이야. 임금도 신뢰했던 양반이라는데, 이름이 무슨 원일이었는데, 기억이 나지 않는구먼? 어쨌든 우리 할머니에, 할머니에, 할머니에… 아주 오래전 그분에게 받은 부적으로 귀신이 싫어하는 백여덟 가지 주문이 깃들어 있다네. 세 장뿐이니 요것을 쓰게나. 아주 귀한 것이야."

무당이 준 용한 부적으로 말할 것 같으면, 사람이 몸에 지니는 순간, 어떤 귀신도 붙지 못하게 한다고 했다. 또한 귀신에게 빙의가 된 사람이나, 사람으로 둔갑한 요물에게 붙이면 순식간에 퇴치되는 신묘한 힘을 가진 물건이었다.

그러나 단점이 있다면 일회용이었다. 한 사람에게 한 번만 쓸 수 있었다. 몸에서 떨어져 나가는 순간, 영원히 힘을 잃게 되며, 신문지보다 못한 종이 쪼가리가 되는 것이다.

집에는 아홉 식구가 있다. 아버지는 우애 좋게 살아야 한다며, 작은아버지 가족들까지 함께 살 수 있는 거대한 한옥을 지었다. 아홉 식구 중, 귀신으로 의심되는 사람에게 부적을 붙여 퇴마를 할 것인가? 아니면, 큰애를 비롯한 나와 내 가족의 목숨을 귀신으로부터 구할 것인가? 고민이었다.

사실 큰애한테 부적을 주는 것은 당연했다. 그것이 부성애 아니겠는가? 그리고 귀신을 찾아야 하는 내가 하나를 갖는 것도 일리가 있었다. 나머지 한 장으로 귀신을 퇴치해야 하는데…. 정작 생각만 할 뿐, 부적을 쉽게 쓸 수는 없었다.

집에 도착하니 큰애가 고열에 구토를 하며 손발을 파르르 떠는데, 아이 엄마가 놀라서 기사를 부르고 있었다. 아이 엄마가 옷을 가지러 간 사이, 재빨리 부적을 꺼내 아이 등에 붙였다. 이내, 아이의 상태가 거짓말처럼 호전되었다. 아들이 아버지와 엄마를 찾으며 빙긋 웃으니 마음이 놓였다.

포도 도령 말이 맞았다. 부적이 신통하게도 다 죽어가던 아이를 살렸다. 귀신의 짓이 틀림없었다.

2

저녁을 먹는 내내 귀신 생각뿐이었다. 도대체 그 요망한 것이 우리 식구들 중 누구로 둔갑한 것일까? 밥을 씹는 둥 마는 둥 했는데, 순간 부엌에서 일하는 식모를 보니 입이 다 물어지지 않았다. 착각하고 있었다. 식모와 기사들까지 포함하면, 이 집의 식구는 13명이었다.

나와 아들은 용의 선상에서 제외였지만, 그래도 11명 중에서 귀신을 찾는 건 쉬운 일이 아니었다. 하다못해 아이 엄마와 작은아이까지 의심하게 되었다. 조선시대의 유명한 퇴마사 양반은 왜 부적을 세 장만 만들었을까? 이왕 만드는 거 넉넉하게 좀 만들지.

우리 식구는 나와 아내, 큰아이, 작은아이가 있었고, 돌아가신 작은아버지의 처인 숙모와 막내 사촌 동생 부부, 그리고 조카 둘이 있었다. 조카 둘은 다섯 살도 안 된 아이들로 귀신이 저 어린것들로 둔갑하는 것이 가능할까, 싶었다. 하지만 포도 도령은 모든 것을 의심하라며 긴장을 놓지 말라고 했다. 문제는 식모 셋에 운전기사 하나인데, 그들까지 용의자라 생각하면 머리가 꽤 아팠다.

그날 밤, 심각하게 고민해서였을까? 눕자마자 잠이 들었다.

아버지가 돌아가신 뒤, 계속 같은 꿈을 꾸었다. 조그마한 걸인 같은 귀신들이 어디에선가 튀어나와 사지를 물어뜯으려고 달려드는데, 죽을 맛이었다. 무엇보다 왜 그렇게 웃어 대는지, 요란한 소리에 시달리며 그것들에게 쫓기느라 피곤했다.

그들을 피해 도망 다니다 보면 꼭 할아버지가 살던 집이 나왔다. 마당 앞에 덩그러니 있는 우물. 그래, 이 우물에 할아버지가….

꿈속에서 문득 이런 생각이 들었다. 할아버지는 왜 그런 일을 했을까? 왜 부녀자를 탐하고 죽였을까?

무당이 말하기 전에도 알고는 있었다. 어린 시절 할아버지 집 우물에 있는 덮개를 밀쳐내려고 했다가, 아버지에게 크게 혼난 적이 있다. 늘 궁금했다. 우물 속에 무엇이 있기에, 집안 어른들이 얼씬도 못 하게 하는지 알고 싶었다. 그러던 중 우연히 아버지와 작은아버지가 하는 이야기를 들었다.

우리 집안의 운명이 달려 있는 우물. 그 비밀을 알게 되자 구역질이 났다.

할아버지는 꽤 젊은 시절부터 정신병을 앓았던 것 같다. 여인네들만 보면 이성적으로 통제가 안 됐다고 했다. 부녀자를 강간하고 노리개로 삼았다. 일제강점기에 하던 만행을 광복이 와도, 전쟁이 끝나도 계속해서 이어갔다. 그러던 중 무당의 말대로 어떤 여자를 죽여서 우물에 빠트렸다. 그 모습이 흉측하기 짝이 없어 귀신이 되어 자신을 해칠 것 같았는지, 우물을 막아버렸단다.

하지만 아버지는 생전에 할아버지를 존경해야 한다고 늘 말씀하셨다. 가족 모두가 풍족하게 사는 것은 훌륭한 할아버지 덕분이라고 말이다. 친일을 하고, 민족을 팔았어도 힘없던 집안을 일으켜 세운 건 위대한 일이라고 했다. 죄를 지었어도 큰소리를 칠 수 있는 건 돈과 권력 때문이라고 언제나 강조했다.

그렇게 한동안 꿈속에서 과거를 회상할 때 즈음, 그 요망한 것들의 무리가 할아버지 집 대문을 두드렸다.

"문 좀 열어줘라, 제발 문 좀 열어줘… 케케케케…."

조롱하듯 장난기 가득한 목소리였는데, 그것들이 나를 해칠 것 같았다. 문은 당장이라도 열릴 듯 마구 흔들렸다. 문이 열리면 저것들이 나의 온몸을 물어뜯을 것이 분명했다. 물어뜯기기 싫었다. 집 안으로 들어갔지만, 문창호지가 모두 뜯겨진 채로 폐허가 된 지 오래였다. 귀신들이 문을 마구 두드리는데, 부서질 것 같았다. 그러던 중 우물이 눈에 들어왔다. 여기에라도 들어가야겠다는 생각이 들었다. 닫혀 있던 우물 덮개를 밀었다. 생각보다 쉽게 열려 깜짝 놀랐다.

그래, 빨리 이곳으로 들어가 숨어야겠다, 마음먹는 순간, 우물 속의 무언가를 보고 놀라버렸다. 그 모습이 너무나 무서웠다.

"으… 으아악!"

눈을 떴다. 온몸이 땀으로 젖어 있었다. 눈앞에 번쩍이는 잔상들이 보이면서 정신이 혼미해졌다. 이성을 찾으려고 꽤 오랫동안 생각을 하고 난 뒤에야 정신이 돌아왔다. 그러나 무엇을 보고 놀랐는지, 기억나지 않았다.

기분이 이상했다. 꽤나 크게 소리를 질렀는데, 아내가 일어나지 않다니…. 이상한 기분에 아내를 흔들었다.

"…."

아내가 죽어 있었다.

3

아내의 초상을 치렀다. 슬퍼할 겨를도 없이, 식구로 둔갑한 귀신을 찾아야 했다. 먼저 식모 셋과 기사를 포도 도령에게 보냈다. 포도 도령은 난감해했지만, 그중에 귀신은 없다고 했다.

우리 식구는 어느덧 여덟 명이 되었다. 나와 아들 둘, 그리고 숙모, 사촌 동생 부부와 그들의 두 아들. 용의자는 이제 여섯이 되었다.

더 이상 소중한 사람을 잃고 싶지 않았다. 부적을 작은아이의 등에 붙였다. 다행스럽게도 작은아이는 귀신이 아니었다. 그렇다면 귀신은 다섯 중 하나인 셈이다. 마지막 한 장의 부적으로 귀신을 찾아내, 반드시 없애리라 다짐했다.

밤이 되기만을 기다렸다. 그날 밤은 유난히 깜깜하고, 서늘했다. 아이 둘을 재워놓고 숙모가 계신 방으로 향했다. 숙모는 곤히 주무시고 계셨다.

"숙모님도 피곤하시겠지. 집에서 사람이 연이어 죽었는데…."

숙모는 교양이 있으신 분으로 늘 옳은 일만 하셨다. 솔직한 말로 우리 집안과 가장 어울리지 않는 분으로, 환갑이 넘으셨지만 식모들과 손수 식사를 준비하고 청소를 도우셨다. 생전에 아버지께서는 그런 숙모를 탐탁지 않게 생각하셨지만, 다른 가족들은 숙모의 따뜻함을 본받으려 했다. 일찍이 어머니를 여의고 숙모를 어머니처럼 따랐다. 사촌 동생들도 숙모를 닮아서 아버지와 삼촌과는 다르게 경위가 발랐다. 어려운 사람을 보면 베풀 줄 알았고, 어디를 가든

겸손했다. 숙모의 첫째 아들은 귀신에게 당해서 세상을 떠났지만, 그럼에도 불구하고 숙모는 흐트러진 모습을 보이지 않으셨다.

아무리 생각해도 숙모는 귀신이 아니었다. 저렇게 착한 분이 귀신일 리 없었다. 그래서 조용히 문을 닫고, 둘째가 있는 방으로 향했다. 제수씨가 가장 의심스러웠다. 무뚝뚝했던 사람이 지나치게 친절해졌다고나 할까? 본래 집안일에 관심이 없던 사람 아니었나? 밖에도 나가지 않고 종일 일만 한다는 것은 귀신이 싫어한다는 햇볕을 피하기 위한 묘책이 아니었을까? 귀신이 제수씨에 대해 잘 몰라 실수를 하고 있다는 생각이 들었다. 제수씨가 귀신이라면, 진짜 제수씨는 어디 있을까? 소름이 돋기 시작했다. 그렇다면, 둘째와 조카들이 위험하다. 걱정스러운 마음에 재빨리 발길을 돌렸다.

사촌 동생 부부의 방 앞에 당도했다. 불이 켜져 있는 것으로 보아 잠들지 않은 듯했다. 방문을 두드렸다.

"에헴. 실례지만 동생아, 잠이 들지 않았으면 이야기 좀 할 수 있을까?"

조용했다. 꽤 큰 소리로 말했는데, 아무런 기척이 없었다. 불을 켜고 자는 건가? 다시 한번 문을 두드렸다.

"저기 제수씨, 접니다…. 주무십니까?"

여전히 기척이 없었다. 걱정되는 마음에 조심스레 부부의 방문을 열었다. 기분이 좋지 않았다. 문을 열자마자, 무색무취의 공기에 불안함과 어지럼이 묻어났다. 숨을 들이쉬자마자, 무슨 일이 벌어질 것 같았다.

예상은 틀리지 않았다. 사촌 동생이 죽어 있었다. 어떤 흔적도 없었지만 고통스럽게 죽은 것이 분명했다. 눈은 흰자위만 드러내고 있었고, 심장에 이상이 있는 듯 손은 왼쪽 가슴을 움켜쥐고 있었다. 마음이 좋지 않았지만, 크게 놀라지는 않았다. 다만 제수씨가 우리 집안을 망하게 할 귀신이라는 확신이 들었다.

제수씨, 아니 제수씨로 둔갑한 귀신을 찾기 위해 혈안이 되었다. 조카들에게 해를 끼쳤을까, 싶어 걱정이 되었다. 화가 머리끝까지 난 상태에서 조카의 방문을 열었다. 제수씨는 그곳에 있었다. 싸늘하게 주검이 된 두 조카와 함께 말이다. 이성을 잃었다.

4

그녀에게 붙이려고 부적을 꺼내는 순간, 그녀가 통곡을 했다. 결심이 흐릿해졌다. 진심으로 슬퍼하는 것 같았다. 순간, 무당의 말이 떠올랐다.

"귀신이란 것이 얼마나 영악한지, 사람 흉내를 기가 막히게 낸다는 거야. 그러니까 아무도 믿어서는 안 돼, 절대⋯."

그녀는 나를 발견하자, 더욱 심하게 울어댔다. 나는 그 모습도 의심스러워서 거리를 두었다. 하지만 그녀가 알 수 없는 말을 하면서, 나는 또 한 번 혼돈의 늪에 빠졌다.

"도련님, 저는 봤어요. 어머니가 집안사람 모두를 죽였어요. 큰아버님부터, 아버님, 도련님, 형님⋯ 그리고 남편과 아이들까지 어머님이 죽인 거예요."

그 말을 듣고 현기증이 났다. 누군가에게 뒤통수를 세게 맞은 것처럼 동공이 흔들렸다. 하지만 믿을 수 없었다. 제수씨로 둔갑한 귀신이 나에게 혼란을 주는 것이라 생각했다. 귀신의 꼬임이라는 생각에 부적을 들고 그녀에게 다가갔다.

"이 귀신 년아, 어디 제수씨 흉내를 내느냐? 우리 식구를 다 죽이고, 나까지 죽이려고? 요망한 것…."

제수씨 행세를 하는 요망한 것을 힘껏 내려치고 부적을 붙이려는 찰나, 조카들 방에 걸린 거울 너머로 숙모가 나를 지켜보고 있는 것을 발견했다. 숙모는 문밖에 애처로운 표정으로 서 계셨다. 숙모를 본 제수씨가 소스라치게 놀라며 내 뒤에 숨었다. 계속해서 내 귀에 뭐라고 속삭이는데, 온몸에 소름이 돋았다.

"도련님, 우린 이제 죽을 거예요. 저는 봤어요, 숙모님이 큰아버지를 죽이는 모습을…. 손으로 큰아버지의 목을 졸랐어요. 분명 어머님이 손으로 죽였는데, 사인이 심장마비라는 사실에 너무 놀랐어요. 그것을 본 저는 계속해서 어머님 뒤를 쫓았어요. 그런데 아버님도, 도련님도… 모두가 숙모님과 함께 있으면 죽었어요."

혼란스러운 상황에서 숙모는 무슨 일이냐고 물으셨다. 좀 이상했다. 눈앞에 사람이 죽어 있는데, 저렇게 아무렇지 않을 리가 없다. 손자 둘이 차가운 바닥에 싸늘하게 식어 있는데, 멀뚱히 바라만 보고 있다니 이해가 되지 않았다. 이제는 모든 것이 의심스러웠다. 숙모가 다가오는 것도 두려웠다.

제수씨는 계속 겁을 냈다. 일촉즉발의 상황, 나의 두 아들이 나타났다. 녀석들은 겁에 질려 문밖에 있다가 나를 보자 와락 달려들었다. 그런데 믿을 수 없는 일이 일어났다. 언제나 따뜻하게 대해주시던 숙모가 소스라치게 놀라며 한 번도 들어본 적이 없는 욕을 내뱉는 것이었다.

"이런 육시랄, 망할 놈의 새끼들⋯."

숙모의 눈빛이 무섭게 돌변했다. 아이들 몸에 붙인 부적에 반응한 것이라고 생각했다. 그리고 보면 제수씨보다 숙모가 더 이상했다. 사랑하는 남편과 자식이 죽었는데도 눈물 한 방울 흘리지 않았다. 식사도 잘 하고, 나들이도 잘 다녔다. 가족이 죽은 사람의 모습과는 거리가 있었다. 아무래도 숙모가 귀신일 것 같았다. 기괴한 웃음소리로 다가오는데, 자신의 정체를 드러내려는 것처럼 보였다.

아이들은 겁에 질려 울지, 제수씨는 살겠다고 등 뒤에 숨지, 그야말로 아비규환이었다. 그런데 왜 그랬을까? 숙모가 귀신이라고 생각해 부적을 꺼내니, 부적이 파르르 떨렸다. 매일 꾸던 악몽이 생각났다.

그 우물….

항상 우물을 열 때쯤에 꿈에서 깼다. 우물 속 그것과 눈이 마주치면 기억상실증에 걸린 것처럼 아무런 생각도 나지 않았다. 그러나 놀랍게도 위기가 닥치고 나서야 기억나기 시작했다.

걸귀로 보이는 귀신들에게 쫓기다 들어가려던 우물….

그 우물 속에는 제수씨의 시체가 눈도 감지 못하고 있었다. 온몸이 뒤틀린 제수씨가 어떻게든 우물 속에서 나오려고 하다가 죽은 것 같았다.

정신이 돌아오자, 당장 제수씨를 밀쳐냈다. 그리고 아이
들과 숙모를 감쌌다.

"이런, 젠장…."

그제야 제수씨, 아니 귀신이 본모습을 드러냈다. 요망한
것의 본모습은 그야말로 공포였다. 온몸이 젖은 그녀는 물
을 뚝뚝 흘렸고, 다 썩어가는 얼굴에 사지가 뒤틀려 있었다.
당장이라도 달려들 것처럼 못된 눈을 이리저리 굴리며 웃
는데, 무서워서 주저앉고 싶었다. 그것의 참모습을 보자, 숙
모는 기절했다. 숙모는 남편과 아들의 죽음으로 정신을 놓
은 것이 틀림없었다. 우리 아이들도 그것을 보고 울어대는
데, 마땅한 대책이 없었다.

"네놈까지 죽일 수 있었는데, 참으로 아쉽구나…. 네놈부
터 죽이려고 했는데, 네놈 마누라가 막길래 먼저 숨통을 끊
어주었지. 그러고 나서 자고 있는 네놈을 죽이려는데, 운
이 좋게도 잠에서 깨버려 실패한 것이 원흉이구나. 깔깔깔
깔…."

고약한 것이 말로 위협을 가하는데, 나에게 날아올까 봐

88

무서웠다. 하지만 귀신 역시도 섣불리 움직이지 못했다. 파르르 떨리는 부적이 위협적인지 못된 눈을 흘기며 주춤했다.

"할아버지에게 깊은 원한이 있다 해도 너무하지 않은가? 당신이 죽인 사람이 도대체 몇 명이야?"

그것이 눈을 부릅뜨며, 사시나무 떨듯 떨었다.

"그… 그날… 너희 할아버지란 자가 자신의 집에서 식모로 일을 하면, 평소 버는 돈보다 몇 배를 더 준다고 했지. 하지만 식모 일은커녕, 매일같이 노리개만 되었어. 그때 내 배 속에는 아이가 있었어. 그런데 권력이란 참으로 무섭더군. 낄낄낄… 목숨을 위협하는 협박에 아무것도 하지 못했어. 배는 불러오지, 몸은 힘들지…. 너희 할아버지가 아이를 없애라고 하더군. 그럴 수 없었어. 사랑하는 남편의 아이인데…. 완강히 거부하니까, 네 할아버지가 내 남편을 죽였어…."

귀신의 눈에서 피눈물이 뚝뚝 떨어졌다. 그 모습이 어찌나 무서운지, 나도 모르게 뒷걸음질 쳤다. 귀신은 천천히 다가왔다.

"너희 할아버지란 놈에게 따지러 갔어. 왜 죽였냐고 물었지. 그러자 대답은 하지 않고 또다시 나를 노리개 취급했어. 화가 났지만 배 속에 있는 아이 때문에 참았지. 너희 할아버지 집을 당장 떠나려고 했지만, 이미 늦어버렸어…."

귀신의 원통함이 느껴졌다. 그 뒷이야기는 어린 시절 내가 들었던 이야기와 동일했다. 할아버지는 그녀가 완강히 거부하자, 배를 발로 차고 주먹으로 때렸다. 양수가 터졌고, 그녀가 배를 부여잡으며 소리를 지르자, 우물 속으로 던져버렸다. 그리고 행여나 귀신으로 나타나 가문에 해를 끼칠까 봐, 일본에서 건너온 유명한 무당을 불러 우물을 봉인했다. 당시 할아버지는 이상한 종교를 믿었는데, 사람이 죽으면 귀신이 된다는 신념이 확고했다. 꽤나 주도면밀한 사람이었다.

어떻게든 내 자식만큼은 살려야 한다는 생각에 귀신에게 말을 걸었다. 그렇게 시간을 벌면서 그녀에게 어떻게 부적을 붙일 수 있을까, 궁리했다.

"우물에서는 어떻게 나온 것이냐? 13년이 지난 지금, 누가 너를 꺼내준 것이야? 혹시 제수씨냐?"

귀신은 온 집안이 울릴 정도로 웃어댔다. 그러곤 어느새, 코앞까지 다가왔다.

"멍청한 년이 우물 앞에서 중얼거리는데 말이야. 돈에 눈이 멀어서 그 집을 팔고 도망치려고 하더군. 13년을 기다렸는데… 이게 웬 떡이야? 그래서 그년한테 말을 걸었어. 처음에 우물 뚜껑을 열어달라고 하니까, 놀라서 그냥 가려는 거야, 낄낄낄…. 그래서 우물 안에서 금괴를 찾았다고 했더니 곧바로 열어주더군…. 우물에서 나와 그년을 우물 속에 집어넣어버렸지. 낄낄낄…."

귀신은 우물에 있으면서, 할아버지에게 복수할 날만 기다렸다. 할아버지가 죽고 없으면, 그 자손들의 씨라도 말려버리자고 다짐했다.

"네놈부터 네놈 새끼들까지 모조리 죽였어야 했는데, 아쉽구나…. 어디서 그런 부적을 구했는지 모르겠지만, 운이 참으로 좋구나, 낄낄낄…."

섣불리 움직이지 못하던 귀신은 한동안 나와 두 아들을 노려보다가 창문 밖으로 빨려 나가듯 사라졌다. 새벽닭이 울면서 사건이 일단락되는 듯했다. 결국 마지막 부적은 쓰지 못했고, 귀신도 잡지 못했다. 다행인 것은 나와 두 아들, 그리고 숙모가 살아남았다는 것이다.

그러나 요망한 귀신이 우리를 해칠 수도 있다는 불안함에 늘 시달렸고, 결국 나머지 부적을 내 몸에 붙여버렸다. 나와 두 아들은 몸에서 부적을 떼지 않았다. 다만, 그날 이후 희한하게도 숙모가 심장마비로 돌아가셨다. 귀신의 짓인지, 본인의 운명인지 모르겠지만, 오히려 고민이 줄어든 것 같아서 후련했다. 그렇게 교양 있던 숙모가 그날 우리 아이들에게 욕을 한 이유를 곰곰 생각해보면, 소름이 끼친다. 숙모의 아들과 손자들은 죽었는데, 우리 아이들은 죽음을 피해서 화를 낸 것이었다. 어쨌든, 그런 숙모도 이젠 없다.

나는 할아버지가 남겨주신 재산으로 행복하게 살았는데, 새로운 여자도 많이 만나고, 장가도 여러 번 갔다. 아이들은 하고 싶은 걸 모두 하며 살았다. 한 가지 불편한 점이 있다면, 부적을 평생 붙이고 살아야 한다는 것이지만, 뭐 어떠한가? 더 이상 귀신 눈치는 안 봐도 되는데….

아버지의 귀몽

1

아버지는 40년째 귀신 꿈을 꾸고 있다. 짧게는 하루에 한 번, 길게는 보름에 한 번 귀신 꿈을 꾼다. 꿈에 귀신이 나타나면 고통스러워하며 가위에 눌린다. 어릴 때는 잠든 아버지가 욕을 하거나 흐느껴 울면 무서웠다. 하지만 지금은 워낙 봐온 터라, '그런가 보다…' 하고 구경을 하게 된다. 귀신 꿈을 꾸고 나면 본인도 기가 찬지 웃다가, 시옷과 비읍을 내뱉으며 다시 잠들곤 한다.

아버지가 처음 귀신 꿈을 꾼 건 재수생 때였다. 지금의 고시원보다 좁은 방에서 지내게 됐는데, 입실 첫날 귀신이 나오는 꿈을 꾼 것이다. 아버지는 아직도 그 꿈이 생생하다고 하신다. 검은 옷을 입은 여자가 아버지 등에 매달려 귀에 대고 뭔가를 계속 속삭였다.

"옥천으로 가자… 옥천으로 가자…. 용운아, 옥천으로 가자…."

옥천은 조상들의 묫자리가 있는 곳이다. 집안 어르신들이 돌아가시면 대부분 그곳에 시신을 안치했다. 아버지가 너무 무서워서 "제발 좀 떨어져요"라고 부탁하면, 여자는 그럴수록 등에 찰싹 붙어 요란한 웃음소리를 들려줬다. 너무 무서운 꿈이라 그렇게 짜증이 날 수가 없었다. 일어났을 때는 온몸이 땀에 젖어 있었고 자고 일어났는데도 정신이 없었다.

그 여자는 누구일까? 아버지는 돌아가신 숙모 같다는 생각이 들었다. 그러니까 아버지 작은아버지의 첫째 부인이었는데, 목소리와 생김새가 영락없었다. 숙모는 병으로 돌아가셨다. 돌아가시는 순간까지도 작은아버지와 사이가 나빠, 귀신이 돼서라도 복수할 거라고 자주 말했다. 그런데 왜 본인 꿈에 나왔는지 아버지는 당최 모르겠다며 잠자기를 두려위했다.

어느 날은 작은아버지 집에 가봤더니, 십자가부터 성모
마리아상, 예수 그림 할 것 없이 사방에 도배가 돼 있었다.
종교도 없던 양반이 가톨릭에 귀의했나? 그것들은 귀신이
싫어하는 물건이었다. 그래서 작은할아버지한테 가지 않고
아버지한테 온 걸까? 아버지는 꿈에 숙모가 나와서 좋았던
적이 한 번도 없다고 한다. 지금도 종종 숙모가 꿈에 나오는
데, 그때마다 아버지는 힘들다며 한숨을 쉬었다.

다른 귀신이 나오는 꿈도 종종 꾼다. 아버지가 정말 싫어
하는 귀신이 하나 있는데, 그가 꿈에만 나오면 일진이 좋지
않다고 화를 내신다. 뭐, 반가운 귀신이 어디 있겠느냐마는
말이다.

언제부턴가 어릴 적 한동네에 살았던 최 씨라는 사람이
귀신이 되어 나타난다는 것이다. 최 씨는 마을에서 유독 평
판이 좋지 않았다. 꽤 부유했던 그는 심술과 횡포를 일삼았
다. 얼마나 악질이었는지, 돈놀이를 하는데 100원을 빌려
주고 200원을 받았다. 갚지 않으면 온갖 폭력에 겁을 주고
돈이 될 만한 것을 모조리 뺐었다. 한번은 젊은 부부가 돈을

갚지 못했는데 상환 기한을 늘려주는 대신 그 마누라를 겁탈하기도 했다. 쓰레기 중의 쓰레기였다. 그것 말고도 못된 짓을 한 것이 수두룩하지만 생략.

어쨌든 비가 억수같이 쏟아져서 천川에 물이 심하게 불어난 날이었다. 최 씨가 멀쩡하게 길을 가다 발을 헛디뎌 물에 빠졌다. 엄청난 물살에 순식간에 휩쓸렸다. 아무도 그를 구하려 하지 않았다. 당시 여섯 살이던 아버지도 그것을 보았다. 사람이 죽어가는 모습에 꽤 충격을 받아서 한동안 힘들었다고 했다. 그런 최 씨가 성인이 된 아버지의 꿈에 나타나서,

"용운아, 내랑 수영하자. 용운아, 누가 멀리까지 가나 내기하자…. 들어온나… 들어온나… 들어온나… 흐흐흐히히히…."

물속에서 머리만 빠끔히 내밀고는 얄밉게 말하는 것이었다. 아버지는 죽은 사람이 나타나니까 무서워서 아무 대꾸도 하지 않았다. 잔뜩 얼어서 최 씨를 빤히 바라보고 있었다. 최 씨도 그런 아버지를 한참 보다가 씨익 하고 웃었다. 그런데 최 씨가 갑자기 물속에서 획 하고 튀어나오는 것

이 아니겠는가? 최 씨의 몸은 멍 든 것처럼 보랏빛으로 덮여 있었다. 마을 사람들의 영향인지 아버지도 그를 사람 취급하지 않았기에, 귀신이 된 그가 본인을 해코지할 것 같았다. 최 씨는 자신이 나쁜 사람은 아니라고 했지만 웃음소리가 요란한 것이 나쁜 사람 같았다. 아버지는 도망쳤다. 쉴 새 없이 도망 다녀서 온몸에 힘이 빠졌다. 잠에서 깬 후에도 피곤했다. 더욱이 5일 연속 같은 꿈을 꿔 짜증이 났다.

아버지가 말씀하시길, 동네에 전해 내려오는 유명한 미신이 있다고 했다. 익사체와 눈이 마주치면 안 된다는 것이다. 시체 주인이 물귀신이 되어 반드시 잡으러 온다는 속설 때문이었다. 죽은 최 씨의 시신을 건져 올린 그날, 아버지는 자신도 모르게 최 씨의 눈을 빤히 보았다.

명절에 친척들과 무서운 이야기를 할 때면 누군가 아버지에게 꼭 묻는다. 지금까지 꾼 귀신 꿈 중에서 가장 최악은 무엇이냐고. 아버지는 조금의 고민도 없이 장례식장 악몽이라 말한다. 꿈속에서 장례식을 마치고 운구를 할 때면 누군가가 늘 손을 놓아 관을 떨어트린다. 원래 한 성격 하는 아버지기에 관을 왜 그따위로 드느냐고 따지면, 모두가 대꾸도 하지 않고 그저 고개만 푹 숙인다. 한참을 혼자 씩씩대다 정신을 차리고, 다시 관을 들려고 운구하는 사람들을 보면, 하나같이 죽은 사람들이다. 친구부터, 지인을 비롯한 친척들까지 모두 세상을 떠난 사람들이여서 경악을 금치 못하신단다. 이상한 기분에 그곳을 나오려고 하면, 죽은 이들이 어딜 가느냐고 묻는다. 관을 들어야 하는데, 한 명이 빠지면 들 수 없다면서 아버지의 팔을 붙잡는데, 그럴 때면 아버지는 쌍욕을 내뱉으며 목적도 없는 곳을 향해 쉬지 않고 도망친다. 그들과 함께 관을 들고 어디론가 가면 아버지도 저세상으로 갈까 봐….

2

아버지는 며칠 전부터 귀신 꿈 때문에 또 잠을 못 자고 있었다. 낮잠, 밤잠 할 것 없이 꿈나라로 갈 때면 늘 귀신들이 튀어나와 괴롭혔다. 어릴 적 마을에서 죽은 사람부터 최근에 죽은 지인까지 모두 무서운 모습으로 나타나 아버지를 쫓아다녔다. 그들이 광기를 내뿜으며 달려오는데, 아무리 친했던 사이였어도 싫다고 하신다.

아버지는 귀신 꿈 때문인지 많이 쇠약해지셨다. 잠자기

가 무서워서 매일 뜬눈으로 지새우고 싶지만, 아버지 사전에 불면증이란 없다. 침대에 누우면, 그대로 곯아떨어진다. 그러다가 새벽 즈음에 비명을 지르며 일어나는데, 온몸이 식은땀 범벅이다. 이만하면 무슨 방법이라도 찾을 텐데, 그런 것 하나 없다. 귀신과 미신의 존재도 믿지 않을뿐더러, 종교도 없기 때문이다. 정신이상자 취급받을까 봐, 병원도 가지 않았다. 40년간 맨몸으로 버티는 중인데, 이번에는 한계가 온 것 같았다. 결국 아버지는 아랫집 용제 아버지의 권유에 못 이겨 부산 동래구에 위치한 용한 무당 집에 갔다. 용제 아버지는 그곳에서 부적을 쓰고 난 뒤, 잡귀 같은 것이 보이지 않을뿐더러 악몽도 꾸지 않는다고 했다.

무당 집은 생각보다 도심에 있었다. 흔히 생각하는 산속이나, 시골에 있는 누추한 곳이 아니었다. 꽤 잘 지어진 주택이었으며, 마당에는 잔디가 깔려 있었다. 실내에는 많은 사람이 줄을 서서 기다리고 있었다. 실장이라는 사람이 번호표를 주었고 차례가 되면 카운터에 반납하고 들어가는 시스템이었다. 꽤 오래 기다린 뒤, 이윽고 아버지 차례가 되었다. 조심스럽게 방 안으로 들어갔다.

무당은 꽤 젊은 사내였다. 선녀신이라도 받았는지, 매우 여성적인 몸짓과 말투를 썼다. 아버지가 좋아하지 않는 유형의 사람이었지만 어쩔 수 없었다. 사내의 눈은 반달처럼 웃고 있었지만 이내 날카롭게 변했다. 그러더니 대뜸 용제 아버지에게 나가 있으라고 했다.

"어째, 비슷한 인간이 함께 오노? 끼리끼리 논다더니, 호호호…."

무당과 단둘이 남은 아버지는 언짢은 표정으로 무당을 바라봤다. 나이도 한참 어린 새… 아니 젊은이가, 육십 넘은 어른에게 반말을 툭툭 던졌기 때문이었다. 그래도 어디 뭐라고 하는지 듣고 싶어 끓어오르는 분노를 삼켰다.

"아저씨, 꿈에 귀신이 자주 나오제? 아주 미치겠제?"

아무것도 가르쳐준 적이 없는데 무당이 자기 속을 알아채니 동공이 흔들렸다.

"아저씨, 앞으로 갈수록 더 심해질 거라."

앞으로 더 심해질 거란 말에 아버지도 모르게 무슨 방법이 없느냐고 물었다. 그러자 무당은 눈을 흘겨 뜨며 혀를 찼다.

"쯧쯧쯧… 자업자득이란 말 알제? 그기 아저씨 업보 아이가?"

무당은 아버지 주위를 온갖 귀신들이 둘러싸고 있다고 했다. 아버지를 당장이라도 어떻게 하려는 듯 노려보고 있다는데, 도대체 자신에게 왜 그러는지 아버지는 납득이 가질 않았다. 평소에 잘 살아왔다고 자부했기 때문이다. 하지만 무당은 고개를 설레설레 흔들었다.

"아저씨, 뭘 그렇게 놀라는 교? 다 업보라니까 그러네? 물에 빠져 죽은 귀신도 있고, 아저씨 숙모도 있고…. 아저씨가 아는 사람 중에 죽은 사람이 전부 아저씨만 보고 있네? 귀신 못 보는 것이 천만다행이네, 다행이야. 보였으면 아저씨 놀라 까무러칠 기다."

물에 빠져 죽은 귀신과 숙모가 언급되자, 아버지는 무당을 전적으로 신뢰하기 시작했다. 그나저나 귀신들이 본인을 보고 있다고 생각하니, 갑자기 으슬으슬 추워지고 무서워졌다. 아무리 생각해봐도 그들에게 잘못한 것이 없는데 왜 그러는지 이해가 가지 않았다.

"아니, 귀신들이 왜 내한테 그러는 겁니까? 내가 뭘 했다고?"

무당은 또 반달 같은 눈으로 매섭게 노려봤다.

"정말 몰라서 묻는 기가? 저 귀신들 살아 있을 때, 얼마나 사람을 깔보고 다녔노? 어릴 때부터 아주 몬때가지고 사람을 우습게 봤구먼?"

아버지는 황당했다. 가난한 집에서 태어나 어렵게 공부했고, 이름 있는 대학에 들어가 운동권으로 활동하며 민주주의를 되찾기 위해 노력한 본인이 사람을 깔봤다니…. 무당의 신기를 슬슬 의심하기 시작했다. 그러나 무당은 그런 생각 자체가 자만과 허영심이라고 했다.

"죽은 사람들이 살아 있을 때, 얼마나 경멸했으면 죽어서도 용서하지 못하겠노? 생각해봐, 누군가 아저씨를 평생 경멸한다면 죽어서 편하게 눈이라도 감겠나?"

망치로 머리를 세게 맞은 것처럼 모든 기억들이 뒤섞였다. 그러고 보니, 꿈에 나왔던 귀신들이 살아 있을 때도 자신과 좋은 관계는 아니었다. 기억이 제멋대로 과거로 돌아갔다.

작은아버지에게 구타당하는 숙모를 한심하게 보고 있는 자신을 발견했다. 예쁘기를 하나, 집안일을 제대로 하나, 무식한 여자가 남편에게 맞는 것에는 이유가 있다고 생각했다. 그날 작은아버지 집 마당에서 머리를 잡힌 채, 인정사정없이 뺨을 맞는 숙모와 눈이 마주쳤다. 왜 그랬는지 모르겠지만, 입꼬리가 올라갔다. 이후 가족들뿐만 아니라, 온 동네에 숙모가 작은아버지에게 맞고 산다고 떠벌렸다. 어린 녀석의 실수라고 하기에는 영악하기 짝이 없었다. 꽤 오랫동안 숙모는 얼굴을 들고 다니지 못했다. 그러다가 덜컥 병에 걸려 돌아가셨다. 당시에 돌봐주는 이 하나 없었기에 불쌍하다는 마음이 뒤늦게 들었다. 작은아버지는 기다렸다는 듯이 두 번째 숙모와 결혼했다. 슬퍼하는 사람이 없었다. 아프다고 손 한번 내밀어주지 못한 과거가 후회됐다. 그런 자신을 경멸해도 할 말이 없었다.

어린 시절부터 "신동" 소리를 들으면서 마을 어른들에게 귀여움을 받았다. 집안에서는 모두가 예뻐해 특별 대우를 받았다. 가난한 집에서 좋은 것은 모두 자신의 몫이었다. 그래서 스스로 누구보다 우월하다는 생각을 가졌던 것 같다. 그때 이후로 사람을 구분하기 시작했다. 영리한 사람, 부족한 사람, 부자, 가난뱅이 등 사람을 가려서 대우해줬다.

그러나 시골에는 성에 차는 사람이 없었다. 대부분이 못 배우고 부족하고 가난했다. 동네 아이들은 또 왜 그렇게 지지리도 못나 보이는지, 친구라고 부를 수 있는 녀석이 딱히 없었다. 그들에게 비아냥댔고, 때로는 그들 부모에게까지도 비아냥댔다. 급기야 소아마비로 다리를 저는 아이를 놀려댔으며, 그런 자신을 혼내던 아이의 부모에게도 지지 않고 대들었다. 많은 사람들에게 상처를 준 것이다. 뛰어나지 못하다는 이유로 사람을 우습게 봤던 과거를 돌아보니 낯이 뜨거워졌다.

악독하기로 소문난 최 씨가 물에 빠졌던 날로 기억이 옮겨졌다. 그가 물에 빠졌다는 사실을 마을 사람들에게 알릴 수도 있었지만, 그런 인간은 물에 빠져도 싸다고 생각했다. 그래서 살려달라고 발버둥 치는 최 씨를 물끄러미 보고만 있었다. 마을 사람들이 달려와 이를 발견했지만 최 씨는 이미 물살에 휩쓸린 뒤였다. 사람들은 오히려 잘 죽었다고 했다. 최 씨 때문에 피눈물 흘린 사람이 한둘이 아니었기 때문이다. 많은 사람이 죽은 그를 욕하자, 죄책감이 씻겨 내려가는 듯했다. 익사한 최 씨의 시체를 찾았을 때 마주친 그의 눈은 원망에 가득 차 있었다. 세월이 지나 그의 입장에서 생각하니, 귀신이 되어 찾아올 만했다.

청소년기를 지나 성인이 돼서도 한 사람의 천재가 다수를 먹여 살린다는 생각을 버리지 못했다. 그래서 가족, 친척 할 것 없이 동기, 선배, 후배 할 것 없이 늘 무시하고 가르치려 들었다. 자신보다 좋은 대학을 나왔거나, 판검사, 의사처럼 뛰어난 직업을 가지지 않는 이상, 아무것도 모른다고 생각했다. 이후 대학 시절의 민주화운동 참여는 큰 자부심이 되었다. 대부분의 사람들과 달리, 독재에 맞서 세상을 바꿀 수 있는 건 본인 같은 지식인이라고 생각했다. 그래서 많은 사람들이 자신을 알아주고 존경하길 바랐다. 하지만 촌사람들이 그런 걸 알 리가 없었다. 그래서 무식하다고 면박을 주기도 했다. 그렇게 나이를 먹어가며 수많은 이들을 무시하고 상처 준 일들이 비로소 생각났다.

"아저씨, 안 죽고 살아 있는 게 용하네? 사실 사람이 그렇게 몬때게 해도 귀신이 안 보이고 안 나타나면 그만인데, 아저씨는 기가 약해가지고 잠만 자면 귀신들이 꿈속으로 들어온다 아이가? 아저씨랑 같이 온 아저씨 있제? 그 아저씨도 아저씨랑 같은 체질 아이겠나? 음기가 차는 밤이 되면 귀신들한테 좋은 먹잇감이제."

과거의 자신을 돌아보니, 부끄러웠다. 나름 좋은 대학물 먹고 돈도 손에 좀 쥐어보고 중산층으로 살아온 자신의 삶이 옳다고 생각했는데…. 이 모든 업보를 어떻게 하나? 한 사람의 60년 인생이 누군가에게는 불행이었단 사실에 눈물이 쏟아졌다.

무당은 그런 아버지를 위로하며 부적이나, 굿으로 귀신을 날려버리자고 했다. 하지만 아버지는 그의 말을 듣지도 않고, 눈물을 흘리며 뛰쳐나갔다.

그날 집으로 온 아버지는 가족들을 불러 모았다.

"나는 오늘부로 속세를 정리하고 절에 들어가 중이 될 거다."

용제 아버지와 무당 집에 갔던 이야기를 늘어놓은 뒤, 스스로의 업보를 반성하기 위해 절에 들어간다는 것이었다. 무슨 영문인지 몰랐던 가족들은 붙잡았으나, 아버지는 짐을 싸 나가버렸다. 그렇게 아버지는 모든 것을 버리고 지리산 인근에 있는 절로 들어가셨다. 그동안은 자신의 과오를 바로잡으며 살지 못했지만, 과오를 반성하기 위해서 머리를 깎고 승려가 되었다.

이 시점에서 생각해보면, 고작 귀신 꿈 때문에 그런 선택을 한 아버지가 이해되지 않는다. 물론 아버지가 많은 사람들의 가슴에 비수를 꽂는 말을 하고 무시하면서 산 것은 사실이다. 그러나 일상생활이 불편할 정도로 티를 내거나, 당사자에게 직접 충격 받을 말을 하는 경우는 없었다. 아무래도 오래전부터 스스로가 그런 언행을 한 것에 대한 죄책감이 있었는데, 무당의 말이 도화선이 된 듯하다.

용제 아버지가 말하기를, 아버지가 그런 선택을 할 줄은 무당도 몰랐다고 한다. 오히려 무당이 놀라서 멀쩡한 사람 망쳐놓는 것이 아닌지, 말려보라고 할 정도였다고 한다.

최근에 본 아버지의 모습은 평온했다. 꿈에 귀신이 나온 적이 한 번도 없다고 한다. 아들에게도 타인처럼 존대하는 아버지의 모습이 낯설지만 행복해 보여서 다행이란 생각도 든다. 하여간 복잡한 심정이다.

산 귀신

1

공포증은 참으로 무서운 것이다. 물에 빠져 죽을 뻔한 사람이 또다시 수영하는 것을 봤나? 나는 없다.

나는 산 공포증이 있다. 산에 오른다고 생각하면, 온몸에 서리가 내린 것처럼 춥고, 심장이 쿵쾅쿵쾅 뛴다. 건강에 이상이 있는 건 아니다. 동년배 사람들은 등산에 환장을 하더라. 산에 올라가서 좋은 경치도 보고, 내려와서 막걸리도 한잔하고 말이다. 그게 인생의 낙이 아니겠느냐고 하지만, 나한테는 다 필요가 없는 짓이다. 꽤 오래전부터 많은 사람들이 등산을 싫어하는 이유를 묻더라. 사실대로 대답해주다가는 정신 나간 놈 취급받기 딱 좋지. 옛날에도 군대에서 동기 하나가 귀신을 본다고 해가지고 정신병자 취급을 받았다.

그래도 내가 명색이 학교 선생인데, 귀신을 본다고 하면, 정상으로 봐줄 사람이 누가 있겠나? 하지만 시대가 변했다. 누군가는 나의 이야기를 믿어줄 것이라 생각하고 이렇게 그날의 이야기를 남겨본다.

그러니까, 개천에서 용이 되어볼 생각에 경상남도 하동 그 시골에서 밤낮 안 가리고 공부했다. 결국 부산에 있는 대학에 들어갔고, 인생에도 꽃이 피는 줄 알았다. 그런데 시국이라는 것이 참으로 어지러웠다. 민주주의 국가에서 총으로 권력을 찬탈하니까, 사회에 부작용이 생긴 것이다. 애초에 독재국가라면 본래 그런가 보다 하며, 당연시 여기겠지만, 여기는 국민이 주인인 대한민국 아닌가? 그런 모순에 분노하다 보니, 어느새 민중가요를 부르며 거리를 걷고 있었다.

"유신체제 타도, 정치 탄압 중단!"

학생들의 시위는 시민으로 이어졌다. 추상적이던 신념이

명확해질 무렵, 나는 민중들 앞에 서 있었다. 그러나 얼마 지나지 않아 신념을 감춰야만 했다. 총으로 권력을 빼앗았던 정부는 같은 방식으로 문제를 해결하려 했다. 폭력이었다.

그러던 어느 날, 아지트로 쓰던 다방 창고에서 쪽잠을 자고 있는데, 동기 하나가 급하게 문을 두드렸다. 경찰들이 시위를 주도한 주요 인물을 잡아들인다고 했다. 수배가 뜬 것이다. 당장 도망가야 한다며 나의 팔목을 잡았다. 밖에는 녀석의 삼촌이 모는 트럭이 세워져 있었다. 조카를 구해보겠다며 진주에서 부산까지 달려온 것이었다. 저것을 타고 고향으로 가야겠다는 생각이 들었다. 의리 있는 동기를 둔 덕에 고향인 하동까지 편하게 갈 수 있었다.

2

고향 집에 도착하자마자, 쓰러지듯 잠이 들었다. 집이 최고라고 누가 말했나? 참으로 맞는 말이었다. 당시에 시위를 함께 주도했던 동기를 비롯한 선후배들에게 미안했지만, 나도 인간인지라 체력적 한계로 금세 곯아떨어졌다.

그러나 편한 잠자리도 오래가지 못했다. 꿈자리가 뒤숭숭했다. 어둠 속에서 새빨간 눈들이 나를 쳐다보는 꿈이었다. 고문실 같은 곳에 내가 거꾸로 매달려 있었다. 새빨간 눈들이 가까이 다가오며 요란하게 웃어대는데, 무서워 소리를 질렀지만 응답하는 이는 없었다. 그때 누군가가 나를 흔들어 깨웠다. 동생이었다.

"오빠야, 지금 누가 찾아왔는데, 아무래도 경찰인 것 같다."

하나뿐인 대학생 아들이 걱정되었던 아버지는 가족 모두에게 일러뒀다. 사복 경찰이 와서 나를 찾으면 집에 없다고 하라고 말이다. 피도 눈물도 없는 독재정권 속 경찰은 민중의 하이에나가 아니던가? 서부 경남의 끝자락인 하동까지 쫓아온 것이었다. 나는 잡아서 뭐 하려고? 그들은 집안 전체를 샅샅이 뒤져봐야겠다며, 대문 앞에서 부모님과 실랑이를 벌였다. 그러는 동안 동생은 나를 깨운 뒤, 오촌 당숙의 집으로 피신하라며 배낭에 먹을 것을 챙겼다. 비몽사몽인 상태에서 골방 뒷문으로 나가 담을 뛰어넘었다. 온몸이 둔기로 맞은 것처럼 쑤신다 싶더니 휘청거리다 중심을 잃고 넘어졌다. 죽느냐, 사느냐가 걸렸는데 아픈 게 대순가?

살겠다는 일념으로 길을 나섰다.

오촌 당숙의 집으로 가는 길은 험했다. 꽤 큰 산을 하나 넘어야 했는데, 그 길이 참으로 구불구불하고 꼬일 대로 꼬인 것이 놀부 심보 같았다. 가장 안전한 피난처였지만, 가기 어려운 곳이기도 했다. 경찰들이 쫓고 있다는 생각에 계속해서 뒤를 돌아보며 산을 오르는데, 불안하고 마음도 무거웠다. 숨이 가빴지만 발은 바삐 움직였다. 참 좋은 가을 날씨였는데 산을 오를수록 공기가 심상치 않은 것이 빠르게 추워졌다. 설상가상으로 오랜만에 가는 길이라 조금 헤맸다. 산새들이 해가 진다며 여기저기서 울어대는데, 쫓기고 있다는 생각 때문인지 썩 반갑지는 않았다.

어릴 적부터 수도 없이 오른 길인데, 이상했다. 도깨비한테 홀린 것처럼 걷고 걸어도 그 길이 그 길이었다. 환장할 노릇이었다. 어째 이런 일이 있을까? 돌을 주워 나무에 표시를 해도 도돌이표인 것이, 뒷목을 서늘하게 했다. 그때, 산 아래에서 마른기침 소리가 들렸다.

"에헴, 콜록… 콜록….'

사복 경찰인가 싶어 토끼 눈이 된 나는 나무 뒤에 숨었다. 수틀리면 산 아래로 구를 작정이었다. 그러나 다행히도 심마니로 보이는 40대 중반의 사내가 삿갓을 고쳐 쓰며 산을 오르고 있었다. 의심의 눈초리를 거두지는 않았지만, 행색이 누가 봐도 산사람이었다. 의심은 순식간에 신뢰가 되었다. 조심스럽게 그에게 말을 걸었다.

　"어르신, 실례지만 말씀 좀 묻겠습니다. 적량으로 가려면 어디로 내려가면 됩니까? 어릴 적에는 여기를 넘으면 내려가는 길이 나왔는데, 이상하게 안 보이네요. 몇 시간째 헤맸는지 모릅니다, 하하…."

　심마니는 자신도 적량 마을에 산다고 했다. 내려가는 길을 알고 있으니, 함께 가자고 했다. 그는 자신을 만난 것이 다행이라며 말을 이었다. 해가 지면 산 귀신이라는 것이 나타나는데, 그것이 사람의 혼을 빼 산신의 먹이로 바친다는 것이었다. 요즘 세상에 귀신이 어디 있느냐며 비아냥댔더니, 말이 귀신이지 요괴 같은 것이라고 했다. 요즘 세상에 요괴는 또 어디 있나? 시골 사람들의 농담 같은 소리가 재미나 속으로 코웃음을 쳤다.

해가 지기 시작하여 어둠이 슬슬 내리는데, 심마니란 사람도 길을 헤맸다. 어찌나 짜증이 나는지, 배는 고프고 추위는 심해지는데 여간 사람을 미치게 하는 것이 아니었다. 마을로 내려가는 길을 안다는 사람이 산을 올랐다가 다시 내려갔다가, 더욱더 깊은 산속으로 들어가는 것 같았다. 산짐승이 여기저기서 울어대는데, 여차하다가 조난당해 죽지 않을까, 걱정이 됐다. 심마니 양반에게 좀 쉬었다 가자고 해도 듣지를 않으니, 욕이 튀어나올 노릇이었다.

허기를 달래기 위해 배낭에서 고구마 몇 개를 꺼냈다. 답답했지만 안내해주는 것이 고마워서 심마니에게 고구마를 건네려고 그의 옆에 섰는데, 기분이 쎄한 것이 뭔가를 잘못 본 것 같았다. 삿갓 속으로 보이는 얼굴에 눈이 파여 있는 것처럼 보였다. 캄캄해서 그런 것일까? 빛의 여운이 남아 있는 곳을 지날 때, 다시 한번 쳐다봤다.

'어이쿠야!'

심마니를 가까이서 보니, 시체가 사람인 척을 하듯 핏기가 없었고 썩은 냄새가 진동을 했다. 저자가 내가 알아챈 걸 눈치라도 채면 나한테 해코지할까 봐, 은근슬쩍 뒤로 물러났다. 그런데 그것이 눈치를 챘는지, 가던 길을 멈추고 뒤를 돌아봤다.

"어르신, 고구마를 급하게 먹었는지… 화장실 좀 가면 안 되겠습니까? 속이 안 좋네요?"

좀 전까지만 해도 구시렁거리던 양반이 고개만 스윽 하고 끄덕이는 것이었다. 뒤를 돌아보며 볼일 보러 갈 곳을 찾는 척 멀리멀리 발걸음을 옮겼다. 그리고 발을 서서히 빠르게 움직여 도망치려 했다. 길이 나오지 않아도 일단은 내려가자는 생각으로 서둘렀다. 내려가면서 심마니의 정체에 대해 생각했다.

눈이 파여 있었는데, 그것은 무엇일까? 사람이라면 눈도 없이 넘어지지 않고 험한 산속을 그렇게 걸어갈 수 있을까? 불안하고 두려운 마음에 한동안 그것을 생각하며 어떻게 해서든 내려가려고 안간힘을 썼다. 그런데 꽤 멀리 떨어진 곳에서 심마니의 목소리가 들리기 시작했다.

"이봐라, 어데 있노? 말 좀 해봐라?"

기분 탓일까? 심마니의 소리가 더욱더 가까워지고 있는 느낌이 들었다. 그런데 그 목소리가 뭐랄까? 걱정이 되어 부르는 것이 아니라, 마치 다 잡은 사냥감을 놓친 포수 같았다.

"이봐라? 거기 있제? 움직이지 말고 거기 가만히 있으라, 그러다가 산 귀신한테 잡혀가믄 우짤라고? 흐흐흐…."

분명했다. 심마니는 정상이 아니었다. 하지만 그걸 알면서도 두려움 때문인지 몸이 마음대로 움직이지 않았다. 무슨 일이 벌어질 것만 같아 온몸이 떨렸다. 추위도 한몫했다. 어떻게 해서든 거친 나뭇가지를 해치고 나가려 애를 썼다. 그럴수록 거미줄에 걸린 것 같았지만 방법이 있나?

심마니에게 들키지 않으려고 어떻게든 조심조심 소리가 나지 않게 가려고 했다. 그러나 나의 바람은 무산됐다.

"타다다닥, 타다닥닥…."

발걸음 소리가 요란하게 들리다가 내가 서 있는 곳에서 멈췄다. 두려웠지만, 가만히 있을 수 없어 고개를 들었다. 그자는 한 마리의 뱀처럼 혀를 날름거리며 나를 쳐다봤다.

아무것도 할 수 없었다.

3

심마니의 모습은 사라진 지 오래였다. 오랫동안 굶주리다 죽어버린 걸귀 같았다. 다 썩어빠진 치아를 드러내며 침을 흘리는데, 역겨우면서도 무서웠다.

"총각아, 내 따라가자. 거의 다 왔다. 껄껄껄껄⋯."

그것이 기이하게 마른기침을 내뱉으며 웃어댔다. 그러면서 조금씩, 조금씩 산짐승처럼 천천히 기어 오는데, 이런 생각이 스쳤다.

'내 인생도 참 쉽지 않구나. 인생이 이렇게 안 풀릴 수가 있나? 잘못된 사회 좀 고쳐보려고 국가권력을 향해 목소리 좀 낸 것이 경찰들에게 쫓길 일인가? 살아보겠다고 고향 집에 왔는데 또 도망을 다니고⋯. 진짜 운도 지지리도 없지. 사람도 아닌 것을 만나서 이제는 진짜 죽게 생겼으니 뭐 이런 삶이 다 있나? 인생 참 엿 같다.'

왜 이런 일이 나한테 일어나는지 짜증이 났다. 이왕 이렇게 된 거 묻고 싶었다.

"당신은 사람인가, 귀신인가? 도대체 나한테 왜 그러나?"

그것은 보는 사람도 목을 칼칼하게 만드는 마른 웃음으로 한참 동안 웃어댔다. 그러다 날카롭고 높은 톤으로 나의 물음에 답했다.

"껄껄껄… 옛날에는 사람이었지. 근데 지금은 요 동네 사람들이 내를 산 귀신이라 부르대? 고마 총각아, 내랑 산신님 있는 곳에 가자. 가서 제물이나 돼라. 오랜만에 산신님께서 사람고기 좀 드시겠네, 이히히히히…."

그것이 성치 않은 손과 발로 성큼성큼 기어 왔다. 저런 것한테 잡혀 죽는다고 생각하니 억울했다. 완벽하게 어둠이 내리자 자포자기의 심정이 되었다. 살 수 있을까? 수백 번이나 자신에게 물었다. 그것의 까만 두 눈에서 새빨간 빛이 번쩍이더니, 쏜살같은 속도로 나를 덮쳤다.

열심히 도망쳤다. 거친 나뭇가지가 얼굴을 할퀴어도 뾰족한 가시가 온몸을 긁어도 참고 달렸다. 돌멩이를 어찌나 많이 밟았는지 신발 밑창이 찢어졌다.

이상하게 홀려버렸는지 그것의 웃음소리가 산을 뒤덮었다. 머리도 어지럽고 숨도 가빴다. 그럼에도 불구하고 또 다른 나의 의지는 산 아래로, 아래로 온몸을 통제하며 뛰었다.

컴컴했다. 시간이 얼마나 지났는지도 몰랐다. 앞으로 어떻게 도망쳐야 할지, 과연 살아남을 수 있을지 막연한 생각을 하다가 결국 두려움의 벽에 부딪쳤다. 다리에 힘이 풀리면서 어둠 속으로 고꾸라졌다. 끝없이 산 아래로 굴렀다. 깊숙이 박힌 바위에 온몸이 타작을 당하자, 말로 표현할 수 없을 정도의 통증이 느껴졌다. 정신을 차려 손에 잡히는 이름 모를 풀을 잡았다.

어지러웠다. 입에서 토사물이 쏟아져 내렸다. 그래도 살아보겠다고 두 눈을 그것에게서 떼지 않았다. 하지만 그것은 실수였다. 어둠 속에서 새빨간 눈을 한 놈 여럿이 나에게 다가왔다. 이놈, 저놈 할 것 없이 나를 비웃는데 기분이 더러우면서도 숨이 막힐 정도로 무서웠다. 분명 어디서 본 장

면이었다. 그렇다, 이것은 집에서 꾸었던 꿈이었다. 예지몽
豫知夢 같은 건가?

그나저나 산신인지, 뭔지의 밥이 될 생각을 하니, 역시 원
통했다. 없는 집 아들로 태어나, 남에게 해 안 끼치고 살았
고, 공부해서 출세 좀 해보려고 하는데, 세상이 정의롭지 못
하다고 목소리 좀 높인 게 큰 죄인가? 총으로 무장한 군바리
들이 와서 "대한민국 내 거요" 하는데, 대한민국 국민으로
서 환영한다고 손뼉이라도 쳐야 하나? 이게 진짜 죄라면,
나를 잡으려고 했던 사복 경찰들에게 벌써 손모가지를 내
줬지.

포기할 수 없었다. 유신維新이고 산신山神이고 내 목숨을
그냥 내줄 수 있나? 그런 생각이 들었다. 비록 지금은 도망
치지만 어떻게든 살아남아 다시 부산에 가야겠다는 생각이
들었다. 하지만 사지가 움직이지 않았다.

어떻게 될지 모르는 판에 마지막으로 살려달라고 소리나
쳐보고 싶었다.

"살려주이소, 살려주이소."

순간, 사람의 목소리가 어둠을 뚫고 들렸다.

"어데고? 혹시 강민이가?"

행여나 잘 못 들은 줄 알고 다시 살려달라고 소리쳤다.

"살려주이소, 내 강민입니더."

"아이고, 강민이… 이 자슥아, 내 당숙이다, 당숙… 쪼깜만 기다리라."

나를 알아보는 목소리에 힘껏 소리를 질렀다. 사람들이 가까이 오는 소리에 그것들이 당황을 했는지 서로 쳐다만 보고 있었다. 이윽고 횃불 여러 개가 나를 향해 달려왔다.

"아이고, 강민아?!"

4

얼마나 잤는지 모르겠다. 아파서 정신을 잃다가 잠들기를 몇 번이나 했는지 모른다. 정신을 차렸을 때도 온몸이 다 아팠다. 눈을 떴을 때 아버지, 어머니, 동생 둘이서 나를 쳐다보는데 그제야 용케 살아남았다는 생각이 들었다.

"도대체, 어떻게 된 거고?"

처음에는 사실대로 산 귀신에게 당했다고 말했다. 그러자 5초도 지나지 않아서 비웃음을 당했다. 당숙 어른도 나를 비아냥댔다.

"강민이, 대학물 먹어가지고 지식인인 줄 알았는데, 뭐고? 산 귀신? 요즘 세상에 귀신이 어디 있노? 하하하하."

답답한 노릇이었다. 경찰한테 쫓겨 산으로 올라간 이야기부터 산속에서 심마니를 만난 이야기까지, 그리고 그것이 산 귀신으로 변해서 나를 잡으러 왔다고까지 말해도 비웃음만 살 뿐이었다.

당숙 어르신의 말에 의하면, 내가 언덕에서 굴러떨어져 정신을 잃었다고 했다. 새빨간 눈을 한 산 귀신 따위는 흔적도 없었다고 한다. 이후로 집안사람들이 나만 보면 산 귀신이 나타난다며 놀려댔다.

시간이 꽤 지났다. 군대를 다녀오고 나서도 늘 데모하러 다녔다. 정권이 바뀌고 나서도 달라진 건 없었다. 여전히 경찰들은 데모하는 대학생들을 때려잡았다. 나 역시 또 한 번 경찰들이 쫓아와서 도망을 치는데, 이상하게 고향으로 가기 싫었다. 버티다가, 도망치다가, 또 데모를 하고 그렇게 살다 보니 세상이 조금은 괜찮아지더라.

그 뒤로 산에만 가면 몸이 으슬으슬 춥고, 속이 좋지 않은 것이 나중에는 두통까지 와서 골골댄다. 무엇보다 심장이 요동치는데, 정신과에서 내린 진단으로는 산 공포증이란다. 사실은 산이 무서운 것이 아니라, 산 귀신이 무섭다고 말하고 싶은데, 누가 내 말을 믿어주겠나? 또라이 취급만 당할 뿐이다. 그래서 학생들 소풍 장소를 정할 때도 산으로 가는 건 반대한다.

그래도 요즘에는 나랑 말이 통하는 선생님 두 분이 계시는데, 그분들은 해운대 장산에서 장산범이란 걸 봤단다. 비 오는 날에 그것한테 죽을 뻔했다는 이야기에 딴 선생들은 비웃고 의심하지만 나는 그 말을 믿는다. 그것이 머리카락 태우는 냄새를 싫어한다지? 그렇다면 산 귀신이 싫어하는 것은 뭘까? 거의 40여 년이 다 되어 가는데, 도무지 산에 올라갈 수 없음에 나도 포기를 해버렸다.

가끔 눈을 감으면, 그날의 꿈을 꾸곤 한다. 무자비하게 쫓아오던 그것들, 어쩔 때는 그들에게 잡혀 끌려가거나, 탈출구도 없이 계속 도망치다 지쳐서 깨기도 한다. 그럴 때면 온몸에서 통증이 느껴지는데, 일어나기도 힘들다. 혹시 나처럼 산 귀신을 본 사람이 있을까? 산 귀신을 쫓아낼 방법을 안다면 누구라도 좀 가르쳐줬으면 한다, 제발….

여우 스님

1

기장 이모는 산전수전 다 겪은 여장부다. 엄마가 처녀 시절, 처음으로 부산에 왔을 때 가장 큰 도움을 준 사람이다. 그때의 연으로 지금까지 친분을 유지하고 있다.

이모는 관상가 양반도 울고 갈 정도로 관상을 잘 보았고, 귀신이나 잡기에도 능했다. 믿거나 말거나지만 우리 가족은 이모의 이런 능력 덕을 많이 보았다. 사람들은 이모를 무당으로 착각하는데, 내가 보기에는 유명한 한식집 사장일 뿐이다.

어릴 적부터 이모는 세상에 사람과 동물만 있는 것이 아니라고 했다. 귀신도 있고, 도깨비도 있고, 온갖 요물들이 여기저기 숨어 있다고 했다. 그런 것들이 가끔 못된 심보가 발동할 때가 있는데, 그럴 때 사람을 해친다고 했다. 논리로 모든 것을 설명하는 21세기 과학 문명 앞에서 그 말을 믿을 수가 없었다.

"시대가 어느 시댄데…."

하지만 가끔 이상한 일이 일어날 때면 진짜일 수도 있겠구나, 싶었다. 예전에 아버지가 엄마와 싸우면서까지 어떤 사업에 크게 투자를 하려고 했다. 그것을 지켜본 이모의 "그거 순 사쿠라(사기)다"라는 한 마디에 아버지는 찝찝해서 투자를 접었다. 종교가 없는 우리 가족이지만 아버지는 기장 이모 말이라면 무조건 믿었다. 며칠 후 아버지 친구들은 사기를 맞았고 난리가 났다. 아버지의 친구들은 가세가 기울기도 했고, 건강까지 잃었다. 사기꾼이 해 먹은 돈이 20억이 넘었다지? 어찌나 철저하게 작전을 짰던지 흔적도 없이 쥐새끼처럼 날랐단다.

이모는 나에게 항상 다른 건 다 괜찮은데, 운전만큼은 하지 말라고 했다. 내가 운전으로 명命을 단축시킬 팔자를 타고났다는 이유에서였다.

열여덟 살 때, 선물 받은 자전거를 타고 집에 가고 있었다. 그런 나를 보고 이모가 벌컥 화를 냈다. 나는 종교든, 미신이든, 심지어 사람도 전혀 믿지 않는 일종의 의심병 환자라서 그 말을 무시했다. 이모에게 말을 전해 들은 부모님이 자전거를 타지 말라며 말렸지만, 고집쟁이인 나는 그 말을 외면하며 몰래 자전거를 탔다. 그러다 결국 사고가 났다. 신호를 지키면서 페달을 밟았는데, 그것을 무시하고 차가 돌진한 것이다. 꿈에도 몰랐다, 사고가 날 줄은…. 이후 꽤 오랫동안 입원해 있었다. 이모가 병실에 들어서며 혀끝을 차는데, 바보처럼 웃기만 했다. 지금도 난 면허가 없다.

그러고 보면 이모가 걱정스러움에 한 당부가 많았는데, 신기하게 틀린 건 하나도 없었다.

나와 누나는 기장 이모가 키우다시피 했다. 가난한 맞벌이 부부였던 부모님이 기댈 만한 사람은 기장 이모뿐이었다. 어린 우리가 이모를 잘 따르기도 했지만, 무엇보다 기장 이모가 우리를 매우 좋아했다. 이상하게 그 집이랑 잘 맞는 것이,

당시의 우리 집보다 편안했고 안전하다고 느꼈다.

그때나 지금이나 누나는 호러 마니아라서 귀신 이야기를 매우 좋아했다. 그래서 기장 이모에게 매일 무서운 이야기를 해달라고 떼를 썼다. 의심쟁이인 나도 안 듣는 척하면서 이모 이야기를 엿듣고 재밌어했다. 그러다가 무서우면 기장 이모 아들인 재현이 형 옆에 꼭 붙어 잤다.

이모는 어릴 때부터 식모살이를 했다. 그러니까 열두 살 때부터 남의 집에서 밥도 해주고, 빨래도 하고 온갖 고생은 다하고 자랐다. 남들처럼 학교에 다니고 싶었지만, 가난했던 시절이라 형제자매들이 모두 남의 집에서 일을 했단다. 어떻게든 살아남기 위해 안 해본 일이 없었고 좋은 사람, 나쁜 사람, 이상한 사람뿐만 아니라, 사람이 아닌 것들도 많이 봤다고 했다.

"가령 사람인 척하는 것들도 말이지."

2

이모가 처음 본 요물은 '여우 요괴'라고 한다. 꼬리가 아홉 개 달린 구미호인지는 모르겠으나, 어린 시절에 친언니와 함께 일을 마치고 고개를 넘을 적이면 여우 한 마리가 나무 뒤에 숨어서 자매를 항상 지켜봤다고 했다. 노려보는 눈빛이 어찌나 날카로운지, 여우와 눈이 마주칠 때마다 심장이 얼어붙었다고 했다.

그러던 어느 날, 언니가 개울가에서 빨래를 하다가 발목을 심하게 다쳤다. 발목이 부어서 천천히 고개를 넘고 있는데, 그날도 여우랑 눈이 마주쳤다. 녀석은 그런 자매를 보자 이게 웬 떡이냐, 싶었을 것이다. 냉큼 언니에게 달려들었다. 놀란 언니가 넘어지자마자, 이모는 돌을 들어 여우의 머리를 내리쳤다.

"끼익끼익끼이익…."

여우가 고통스러워하며 고개를 돌렸다. 이모는 행여나 언니에게 또 달려들까 봐, 연이어 돌을 던졌다. 이모는 여우의 눈빛이 너무 무서웠다. 기에 눌리면 안 될 것 같아 더욱 크게 소리를 지르며 위협을 가했다. 한동안 여우가 으르렁 거리며 노려보다가, 녀석도 타격을 심하게 입었는지 어디론가 사라졌다.

한동안 여우가 나오지 않아 고갯길을 넘기가 수월했다. 이모와 언니는 여우가 더 이상 나타나지 않을 거라는 생각에 편했다고 했다. 하지만 편안한 일상도 얼마 가지 못했다. 어느 날부턴가 고개를 넘어갈 즈음이면, 괴상하게 생긴 중과 마주쳤기 때문이었다. 기묘한 것은 그때마다 언니가 여우에게 공격당했을 때처럼 심장이 두근거렸다고 해야 하나, 당시의 공포가 고스란히 느껴졌다고 했다.

여우가 사람 가죽을 뒤집어쓴 것처럼, 눈이 쭉 찢어진 데다가 주둥이가 튀어나온 중의 얼굴은 사람이라고 보기에 애매한 구석이 있었다. 개나 여우에 더 가까웠다.

꼬리를 감춘 듯한 중이 솟아오른 엉덩이를 흔들며 이상한 노래를 불렀다. 그리고 음흉한 눈빛으로 자매를 쳐다봤다. 그 눈빛이 어찌나 사나워 보이는지 자매의 걸음은 매번 빨라졌다.

"하루, 하루… 살아서 무엇 하리? 먹고살기 힘든 마당에, 차라리 들짐승 밥이나 되지. 방방바라방방…."

타령인지, 주문인지 모를 노래의 가사가 기괴했다. 힘든 세상에 인간으로 태어나서 아등바등 살 바에는 들짐승의 밥이 되라…. 굉장히 거슬렸다. 여우가 자신의 밥이 되라고 하는 것처럼 느껴졌다. 성인 남자 목소리가 왜 또 그렇게 간사하게 들리는지, 유난히 불안했다.

"언니야, 저거 여우새끼가 틀림없데이…."

중이 자매에게 위협을 가하진 않았다. 하지만 자매는 매일같이 두려움에 떨며 고개를 넘어야만 했다. 참다못한 자매는 결국 할머니에게 모든 것을 말했다.

"할매, 야호고개를 넘을 때마다 이상한 중놈이 우리를 쳐다보는데 무서워 죽겠다. 그거 내가 봤을 때, 그때 언니야 덮친 여우새끼가 사람으로 둔갑한 기 틀림없다."

그 말을 듣고 이상하게 생각한 할머니는 자매의 아버지를 불렀다.

"아무리 먹고살기 어려워도 어린 손녀들이 남의 집 식모 살이하는 거, 내는 못 보겠데이. 특히 애들이 고갯길 넘어올 때마다 불안하다 아이가. 니는 알고 있나? 그 길은 내가 어릴 때부터 이상한 기 꼬이는 고개라서 잘 안다. 고마 애들, 낼부터 그 집에 보내지 마라."

자매의 아버지는 황당했지만 어머니의 말을 들을 수밖에 없었다. 하는 수 없이 기장 이모 자매는 식모살이를 그만두었고, 다음 날부터 농사일을 거들었다.

3

이모의 머릿속에서 여우 스님이 잊힐 무렵, 마을에 난리가 났다. 동네에 사는 성복이 사색이 된 채로 동네방네 뛰어다니며 소리를 지르는 것이었다.

"살려주이소! 살려주이소!"

이게 무슨 일인가 싶어서 온 동네 사람들이 나왔다.

"무슨 일이고?"

성복이 다급하게 말하길, 어떤 미친 중이 성복의 동생 성철을 납치했다는 것이다. 그러니까 성복과 동생이 삼촌 집에서 자신의 집으로 갈 때, 야호고개를 필히 지나가야 했는데, 그곳에서 기장 이모처럼 기괴한 중을 만난 것이었다. 처음에 둘은 대수롭지 않게 생각했다고 했다. 그런데 하필, 소피가 마려워 잠깐 일을 보다 순식간에 녀석에게 당한 것이다. 그것이 동생을 낚아채 갔다. 놀란 성복이 쫓아가려 했지만, 그것은 워낙 빠르게 달아났다. 발만 동동 구르다가 마을 사람들에게 알리기로 마음먹은 것이다. 그제야 마을 사람 몇몇이 그것에 대해서 말했다.

"혹시 그 중이 여우처럼 주둥이가 툭 튀어나오지 않았더나?"

성복이 눈물을 흘리며 고개를 끄덕였다.

"어휴, 빨리 잡으러 가야 한다. 그기, 그기… 죽은 지 얼마 안 된 사람의 무덤을 파헤친다는 미친놈 아이가? 옆 마을에 떠도는 헛소문인 줄 알았드만, 사실이었네."

광규 아버지 말에 의하면, 한동안 옆 마을에서 들짐승이 무덤을 파헤치는 일이 빈번하게 발생했단다. 옆 동네 건장한 사내들은 힘을 모아서, 다음 표적이 될 만한 무덤에 미리 숨어 있다가 들짐승을 포위했다. 그런데 그것의 정체는 삵도 여우도 아닌, 입가에 피범벅을 한 기괴한 모습의 중이 아니던가. 놀란 사람들이 그를 잡으려고 움직이자, 어찌나 빠르게 도망가던지 잡을 수가 없었단다.

마을 사내들은 광규 아버지의 말을 듣고 연장을 챙겨 중이 출몰한 야호고개로 향했다. 고갯길은 무진장 험했다. 어둠이 내린 뒤라 중을 찾기가 더더욱 어려웠다. 기장 이모의 아버지는 두 딸에게 들은 이야기가 머릿속을 떠나지 않았다.

"아버지, 진짜라니까요? 그때 여우새끼가 언니를 덮쳐가지고 제가 돌로 머리를 내려쳤는데, 그기 중으로 둔갑해서 나타났다니까요? 왜 안 믿어줘요?"

당시에는 아무리 믿어보려고 해도, 이해가 되지 않았다.

하지만 이런 일이 일어나고 보니, 두 딸이 일하기 싫어 핑계를 댔던 것이 아니란 사실에 미안해졌다. 몇몇이 횃불을 들고 산기슭이며, 나무 사이며 찾아다니는 동안 이모의 아버지가 뭔가를 발견했다.

"저, 저기?!"

마을 사내들이 이모의 아버지가 가리킨 곳을 쳐다봤다. 꽤 높은 바위에서 한 남자가 야행성 동물처럼 눈을 번쩍이며 사람들을 응시하고 있었다. 비웃고 있는 듯했다. 고개를 갸우뚱거리며 히쭉거리고 있었다. 그것의 모습이 잘 보이지 않자, 한 사내가 횃불을 바위에 던졌다. 횃불이 날아가며 바위에 앉은 남자의 얼굴을 비췄다. 중이었다. 부자연스러운 얼굴에 광기 어린 표정으로 웃고 있었다. 더군다나 무얼 잡아먹었는지 입 주위에는 피 칠갑이 되어 있었다. 건장한 사내들이었지만, 괴기한 모습에 겁을 먹었다.

두 딸이 저런 것을 만났는데 아무 탈이 없었다니, 어머니 말을 듣길 잘했다고 생각한 이모의 아버지였다. 하지만 안심도 찰나, 그것이 여우의 울음소리를 냈다.

"끄아악까라라락, 끄아악까라라락."

엄청난 굉음에 모두가 놀라서 얼어붙었다. 이후 중은 산 위로 재빠르게 올라갔다. 두 발과 손을 쓰는 것이 아니라, 네발짐승인 것처럼 움직였다. 마을 사내들은 힘겹게 벽을 타고 올랐다. 그것은 비웃는 듯 다시 "히익히익" 웃음소리를 내며 종적을 감췄다. 사내들이 산에 올랐을 때, 중의 모습은 보이지 않았다. 마을 이장이 조를 나누어 중을 찾아보자고 했다.

4

이모의 아버지는 하필이면 겁 많은 사내들과 한 조가 되었다. 그들이 소극적으로 움직이는지도 모르고 이모의 아버지는 열심히 성철을 찾았다. 정신없이 찾다 보니 뒤늦게 일행과 멀어졌다는 사실을 깨달았다. 너무 캄캄했다. 혹시나 그것과 단둘이 마주칠까 봐 무서웠다. 그런데 10미터 정도 떨어진 곳에서 뭔가가 꿈틀대고 있었다. 조심스레 횃불을 들고 가까이 가니, 어린아이처럼 보였다. 성철이라는 생각에 재빨리 달려갔다.

"성철아···."

이모의 아버지는 충격에 아무것도 할 수 없었다. 차라리 악몽이었으면 좋았을 것을···.

성철이 성한 곳이라고는 얼굴뿐이었다. 온몸의 살점이 뜯겨 있었고, 속이 훤히 보일 만큼 배가 갈라져 있었다. 그 속에 내장은 없었다. 들짐승에게 먹힌 것처럼 엉망이었다. 살아서 움직이는 것이 아니라, 숨이 아직 끊어지지 않아서 감각적으로 세포가 움직이는 것 같았다. 손도 못 쓸 상황에 두렵고 무서웠다. 정신을 차리려고 자신의 뺨을 세차게 두드렸다.

"이봐라, 여기다. 성철이 찾았다. 큰일 났다, 빨리 좀 온나."

저 멀리서 대답이 들려왔다.

"알았다, 퍼떡 갈꾸마."

이모의 아버지는 상의를 벗어 성철에게 덮어주었다. 성철의 움직임이 둔해질수록 눈물만 쏟아졌다.

"아이고, 성철이 인마야… 우짜면 좋노. 너무 늦게 와서 미안하다."

그때 뒤에서 목소리가 들려왔다.

"우짜기는, 누구라도 맛있게 먹었으면 됐지. 히익히익…."

이모의 아버지는 소름이 돋았다. 뒤를 돌아볼 수 없었다. 직감적으로 중놈이란 것을 알았다.

"내가 퍼떡 온다고 했다 아이가?"

조금 전에 들려오던 대답 소리가 중놈일 줄이야. 이모의 아버지는 서서히 뒤를 돌아봤다. 찢어진 눈으로 흘겨보는데, 온몸이 그것의 요술에 걸린 듯 움직이지 않았다. 중은 알 수 없는 노래를 불렀다.

"하루, 하루… 살아서 무엇 하리? 먹고살기 힘든 마당에,

차라리 들짐승 밥이나 되지. 방방바라방방….”

이모의 아버지는 횃불과 낫을 꽉 쥐었다.

“도대체, 니 뭐 하는 놈이고? 사람이가?”

중은 꽤 불편해 보였다. 사람의 가죽을 짐승이 입은 것처럼, 뻣뻣하게 굳은 목을 이리저리 돌려가며 다가왔다.

“사람이면 어떻고, 여우면 어떠하리….”

이모의 아버지는 초조했다. 중이라 하기에는 그 행색이 너무 기괴했다. 입에는 피가 잔뜩 묻어 있었고, 얼굴을 비롯한 손이며, 팔에 털이 듬성듬성 나 있었다.

“네놈이 그년 아비구먼? 그 독한 년… 어찌나 인정사정 없이 내 머리를 돌로 내리치던지… 아주 세상 떠나는 줄 알았지….”

여우는 이모의 아버지를 알아보고, 욕을 마구 퍼부었다.

"네놈 딸년들을 못 잡아먹었으니, 네놈이라도 잡아먹어야겠다."

햇불에 비친 녀석의 얼굴이 일그러졌다. 인간 세상에서는 한 번도 본 적 없는 모습인지라, 이모의 아버지는 공포에 가득 차 정신이 나가 있었다. 그런 와중에 한 가지 의문이 들었다. 녀석은 왜 자신의 딸을 헤치지 못했을까? 이렇게 귀신같은 능력이 있다면 벌써 잡아먹고도 남았을 텐데 말이다.

"그건, 네놈 막내딸년이 귀신이나 요물이 가까이 갈 수 없는 존재로 태어났기 때문인 기라. 이상하게 그년 가까이만 가면 기운이 달려 온몸에 힘이 빠진단 말이다. 네놈 큰딸을 잡아먹으려고 몇 날 며칠을 학수고대했는데 결국 실패했다 아이가, 껄껄껄."

이모의 아버지는 그제야 비밀을 알게 되어 다행이라 생각했지만, 자신에게 다가오는 그것의 해괴망측한 모습에 싸워볼 마음이 달아났다. 바로 그때, 총소리가 울렸다.

"탕!"

총소리에 산속에 있던 모든 산짐승이며, 새들이 순식간에 도망갔다.

"저어 있다. 강순이 아버지, 퍼뜩 일로 오이소."

마을 이장과 포수 강 씨가 이모의 아버지 뒤에서 빨리 오라고 손짓했다. 하지만 그것이 훨씬 더 가까이 있어 도망가기 힘들었다.

"빨리 오라카이…."

포수 강 씨가 굳어버린 이모의 아버지를 구하기 위해 성큼성큼 걸어왔다. 그것 또한 포수 강 씨의 총구를 보자, 겁을 먹었는지 섣불리 움직이지 못했다. 그러는 사이 강 씨와 포수들이 그것을 포위했다. 이모의 아버지는 그제야 마음 놓고 이장 뒤편으로 도망칠 수 있었다. 강 씨가 사람에게는 총을 쏠 수 없어, 그것에게 물었다.

"네놈 정체가 뭐고? 사람이가?"

녀석은 강 씨의 물음에 답하지 않고 욕을 내뱉었다.

"육시랄…."

포수 한 명이 허공에 대고 총을 쏘았다. 온 동네에 또 한 번 총소리가 울려 퍼지자 그것은 놀랄 수밖에 없었다. 그제야 위기를 느꼈는지 녀석의 얼굴에서 미소가 사라졌다.

"저기 보이는, 저놈 막내딸년이 내한테서 지네 언니를 살려보겠다고 커다란 짱돌로 내 머리를 내려치는데 죽는 줄 알았지. 내 아무리 요물이라 해도 그렇게 양기 넘치는 계집애는 처음 봤다 아이가? 이상하게 막내딸년한테 가까이만 가면 온몸에 힘이 빠지고, 숨이 콱 막히는 것이 우리 같은 것들이 가까이 가면 안 되는 존재였던 기라. 그래서 저놈 첫째 딸년이 혼자 다니기만을 기다렸는데, 기회가 좀처럼 생기지 않았다. 첫째 딸년 살결이 부드러운 것이 맛있게 생겼다 아이가, 껄껄껄. 그래 욕심을 내서 덮쳤는데, 저놈 막내딸년 앞이라 그런지 상처 하나 못 냈지. 대가리만 박살이 났다, 육시랄…."

녀석은 막내딸에게 머리를 맞고 죽는 줄 알았다고 했다.

그렇게 죽음을 맞으며 쌕쌕거리는데, 한 스님이 그런 녀석을 발견했다.

"흠… 어쩌다 이렇게 된 것이냐, 불쌍한 것…."

스님은 녀석의 정체도 모른 채, 안타까운 생명을 어떻게든 살려보려고 애썼다. 절에 데려와 온갖 방법으로 응급처치를 했고, 결국 다 죽어가던 여우는 살아났다. 본래 영물이라 그런지, 조금만 숨통이 트여도 살아날 수 있었던지라, 기적이라 볼 수는 없었다.

스님은 안도했다. 녀석의 상처가 아물자, 본래 있던 곳에 풀어주었다.

"부디, 남은 인생 잘 살 거라."

처음에는 녀석도 어떻게든 은혜를 갚으려고 스님을 찾았다. 하지만 영물인 자신이 스님을 만난다는 것은 쉽지 않았다. 원래 덕이 높은 사람인지라, 많은 사람들이 찾아와 만날 틈이 없었다. 그러던 중 여우는 이런 생각이 들었다고 했다.

"나를 구해준 중놈한테 인간들이 스스럼없이 다가가는 걸 보고, 나도 중이 되기로 결심했다 아이가. 그러면 인간들을 더욱 많이 잡아먹을 수 있을 것 같았다."

그러나 문제가 있었다. 녀석은 영물이지만, 구미호처럼 사람으로 둔갑할 수 없었다. 할 수 없이 들짐승다운 선택을 했다. 자신을 구해준 은인에게 몰래 다가가 목을 물어 죽인 후, 가죽을 벗겨 입은 것이다.

5

포수 강 씨는 녀석의 말을 믿을 수 없었다. 어찌 그런 일을 믿을 수 있단 말인가? 오래전 설화에 나오는 이야기도 아니고⋯. 그런데도 섣불리 총을 쏠 수 없었다.

"이거 미친놈이네? 정신병자 아이가? 말이 되는 소리를 해라."

하지만 그것은 이런 반응을 즐기는 듯 껄껄 웃어댔다. 포수 강 씨는 총을 쏘지 말라고 지시했다. 그러던 중 사분오열로 나뉘었던 마을 사내들이 모두 모였다. 이제는 녀석도 더 이상 도망갈 곳이 없었다. 낫이며 곡괭이며 연장을 꽉 쥔 사람들이 하나둘 모였다. 그런데 갑자기 녀석이 이상한 반응을 보이기 시작했다.

"이보시오들, 저 좀 살려주이소. 지금 제 몸에 여우 귀신이 들어왔습니다. 저는 여우가 아니라 사람이라예, 제 몸에 들어온 여우 귀신이 당신들을 속이는 겁니다."

마을 사내들이 동요하기 시작했다.

"전부 총 거둬라. 우째 사람한테 총을 쏠 수 있노? 고마 빨리 총 거둬라."

하나둘 총을 거두었고, 마을 사내들도 연장을 내렸다. 영악한 여우 녀석이 틈을 놓칠 리가 없었다. 녀석은 사내들 사이를 재빠르게 헤집고 들어간 뒤, 멀리 도망쳤다. 워낙 순식간에 벌어진 일이라 잡을 겨를이 없었다. 섣불리 움직이면 사람이 다칠 수도 있었다.

"멍청한 새끼들아, 내는 꼭 다시 돌아온다."

녀석은 종적을 감췄다. 마을 사내들이 새벽까지 산속을 돌아다니면서 발견한 것은 녀석이 입고 있던 승복과 사람 가죽이었다. 녀석은 정말 여우 요괴였던 것일까? 사내들은 그것을 봤음에도 불구하고, 마을 사람들에게 애써 말하지 않았다. 성복의 동생은 산짐승에게 당한 것으로 일단락 지었다. 죽은 아이만 불쌍하게 된 것이다.

이모의 아버지는 녀석의 말을 사실이라고 믿었던 것 같다. 이후, 밤늦게 어디 갈 일이라도 생기면 부적처럼 막내딸을 안고 다녔다고 했다.

저승에서 돌아온 남자

1

기장 이모는 저승이 있단다. 솔직히 의심스럽다. 아무리 이모에게 신통한 능력이 있다고 해도 그것이 모두 사실이라고 생각지는 않는다. 이모가 우리를 재밌게 해주려고 이야기보따리를 푸는 정도로 여겨야지, 그것을 믿는다는 것은 바보 같은 일이다. 그러나 누나는 그 이야기들을 철썩같이 믿었다.

여러분은 저승이 있다고 생각하는가? 나는 죽으면 그것으로 끝이라고 믿는다. 이승의 삶을 끝내고 저승에서 그것을 평가하는 시스템이라니… 얼마나 불공평한가? 그러려면 태어날 때부터 모두가 같은 환경에서 살아야 하지 않을까? 각기 다른 조건과 상황 속에서 도덕성을 평가한다는 건 형평성에 어긋난다고 생각한다.

저승 이야기가 나오는 만화를 재미있게 보긴 했지만, 미디어로써 즐겼을 뿐 사후 세계가 있다고 믿은 적은 없다. 이런 나의 생각을 이모 앞에서 늘어놓았다. 그러나 이모의 반응은 시원치 않았다. 이모가 특유의 거친 말투로 내게 물었다.

"니가 봤나?"

팩트에 대해서 더 말할 수도 있었지만 이모의 눈빛에 기가 눌려 아무 말도 못 했다. 이모는 늘 하던 것처럼 누나의 머리를 쓰다듬었다.

"그라믄 오늘은 저승에 다녀온 아저씨 이야기를 해볼까?"

누나는 아이처럼 빨리 해달라며 졸랐다. 나는 관심 없는 척 아이스크림을 요란스럽게 먹었지만 이상하게 기대가 되었다.

1978년, 이모는 해운대의 한 아파트에 살았다. 재현이 형을 낳고 정신없이 육아에 전념할 무렵이었다. 이모도 인간인지라, 처음 하는 육아가 만만치는 않았다. 유달리 까다로운 형 때문에 여장부인 이모도 두 손 두 발 다 들었다고 했다. 형을 간신히 재우고 커피를 한잔하려던 찰나, 누군가가 조심스럽게 문을 두드렸다. 옆집에 사는 진주댁이었다. 이모와 매우 친해 자주 이야기를 나누는 사이였다.

진주댁은 이상한 꿈을 꾸었다며, 이모를 찾아왔다. 이모에게 신통한 능력이 있다는 것을 아는 사람인 모양이었다.

그녀는 평소 꿈을 잘 꾸지 않는 편인데, 지난밤 꿈은 굉장히 무서웠다고 했다. 꿈에서 깊은 밤에 잠을 자고 있는데, 누군가가 집 안의 모든 문을 두드렸다. 시끄러운 소리에 깬 진주댁은 방에서 나와 거실을 보았는데, 행색이 남루한 남자가 아파트 외벽을 기어 다니며 문을 열려고 했다.

평범한 사람은 아니라는 생각이 들었다. 그가 베란다 창에 거미처럼 달라붙어서 그녀를 바라보며 미소를 짓는데,

무서워서 숨이 멎는 줄 알았단다. 순간 도둑이 아니라, 더욱 위험한 존재라는 생각이 들었다. 남자의 미소가 어찌나 섬뜩한지, 당장 남편을 깨우기 위해 안방으로 가려 했다. 그러나 손잡이를 돌려도 문이 열리지 않았다.

남자는 창에 매달린 채로 입이 찢어질 정도로 웃었다. 그러고는 안방 쪽으로 기어갔다. 잠시 후, 남자가 안방 창문을 두드렸다. 남자는 남편의 이름을 불렀다.

"홍현표, 홍현표… 이 사람아, 문 좀 열어봐."

남자가 밖에 있는데도 집이 울릴 정도로 목소리가 컸다. 진주댁은 남편에게 절대 문을 열지 말라고 외쳤다. 하지만 꿈이라 마음대로 할 수가 없었다. 남편이 문을 연 것 같았다. 남자는 남편에게 자신과 같이 가자고 했고, 남편은 순순히 응했다. 진주댁은 따라가지 못하게 소리를 질렀다. 문이 부서질 정도로 힘껏 밀치기도 했다. 그러나 소용없었다. 남편은 이미 남자를 따라가고 있었다. 진주댁이 베란다 창을 열고 손을 쓰려고 했을 때에는 이미 어딘가로 가고 없었다.

"내가 쫓아가려고 하는데, 꿈에서 깨버린 거야… 진짜 무서웠어. 이거 어떤 꿈이야?"

이모는 숨이 턱 하고 막혔다. 그것은 진주댁 남편이 죽음을 맞는 꿈이었다. 이모는 조심스럽게 말을 꺼냈다. 진주댁은 아연실색했다. 도대체 어떻게 해야 하느냐고 이모에게 물었다.

"언니야, 이건 그냥 내 생각인데, 꿈에 찾아온 남자가 저승사자는 아닐 거다. 내가 봤을 때는 그거 사람 죽이는 귀신이 틀림없다."

이모는 사람의 수명이 다 되면 저승사자가 찾아온다고 했다. 그들이 찾아와야 비로소 죽음이라나…. 그러나 가끔 저승사자가 오지 않아도 사람이 죽는 경우가 있다. 못된 귀신이 붙으면 자기 수명보다 일찍 죽을 수도 있는 것이다. 자살귀나, 살인귀가 정신이 건강하지 못한 사람에게 붙으면 홀려서 죽게 만든다.

진주댁은 어떻게 하면 좋을지 몰라서 남편에게 빨리 전화를 걸었다. 남편에게 좋은 소리는 듣지 못했다. 바빠 죽겠는데 쓸데없는 소리를 한다며 욕만 먹었다. 그녀는 이모에게 어떻게 해야 하느냐며 울먹였다.

"언니야, 꿈이 무조건 맞는 법도 없다. 별일 아닐 끼라…."

다행히도 진주댁 남편은 무사히 퇴근해서 집에 들어왔
다. 진주댁도 한시름 놓았는지, 저녁상을 차려주고 이모에
게 전화해 별일 없다고 전했다. 그런데 밥을 먹던 남편의 표
정이 이상했다. 얼굴이 샛노랗게 변하더니 음식을 뱉어버
렸다. 음식물이 목에 걸렸는지 마구 토했다. 진주댁은 등을
두드렸다.

"사… 살… 살리도… 목에… 목에…."

아연질색한 진주댁이 이모를 불렀다. 예감이 좋지 않은
이모는 남편과 함께 진주댁 집으로 갔다.

"갑자기 밥 먹다가 목에 뭐가 걸렸는지…."

진주댁 남편의 얼굴이 붉어졌다. 아니, 보랏빛으로 변했
다. 아저씨는 진주댁 남편의 목에 손가락을 넣어 걸린 걸 꺼
내보려고 했다. 하지만 아무것도 없었다. 정신을 차리지 못

하던 진주댁 남편은 숨을 쉬지 못해 쓰러졌다. 구급차를 불렀다. 아저씨는 계속해서 심폐 소생술을 했다.

"보소, 정신 좀 차려보이소…. 이걸 어떻게 해야 하나?"

이모는 느낌이 좋지 않았다. 어둡고 무거운 공기가 여름밤을 더 불안하게 만들었다. 아무도 모르게 귀신이 다녀간 느낌이었다고 했다. 진주댁은 이모에게 어떻게 좀 해달라며 울었다.

2

구급차가 진주댁 남편을 싣고 갔다. 이모를 제외한 모든 사람들이 따라갔다. 이모는 고난도의 귀신 퇴치가 필요하다고 판단했다. 꽤 당황스러웠지만 방법이 아예 없는 것은 아니었다.

이모가 아는 사람 중에 용한 도사가 있었다. 낮에는 경비일을 하고, 밤에는 귀신을 잡는 사람이라고 했다. 믿기지 않겠지만, 그런 사람이 있단다. 이모는 도사에게 전화를 걸었다.

"유 선생님, 밤늦게 미안합니다. 우리 옆집에 사는 아저씨가 살인귀한테 당한 것 같아가지고…. 유 선생님이 와서 한번 봐주면 안 되겠십니까?"

사람 구하는 일에 안 올 양반이 어디 있겠는가? 유 도사는 승낙했다. 이모는 그만이 진주댁 남편을 구할 수 있다고 했다. 유 도사는 꽤 유능한 사람이라고 했다. 이모가 다녔던 '신라 부티크'에서 지리산으로 놀러 갔다가 알게 된 사람이라고 했다.

이모는 재현이 형을 안고 병원으로 향했다. 서둘러 응급실에 갔지만 진주댁 남편은 이미 숨을 거둔 후였다. 진주댁의 울음소리가 병원을 가득 메웠다.

"언니야, 울지 마라. 조금만 기다려봐봐…."

잠시 후, 유 도사가 헐레벌떡 뛰어왔다. 엄청나게 큰 가방을 가져온 노인이 남편의 시신을 이리저리 훑어보자, 진주댁은 당황했다. 하지만 유 도사는 아무런 대꾸도 하지 않고 의사와 간호사들을 내보냈다. 그들은 당황했지만, 이모가 설득했다.

"아직 안 늦었어요. 살릴 수 있습니다…."

유 도사가 경면주사라는, 돌을 갈아 만든 붉은 액체로 진주댁 남편의 몸에 글자를 적었다. 이모도 알 수 없는 글자였지만, 저승으로 떠난 혼을 불러오는 방법이라고 했다. 유 도사는 진주댁의 남편을 앉혔다. 그의 손을 꽉 잡고 주문 같은 것을 외웠다. 유 도사가 저승에 있는 진주댁 남편과 교신 같은 것을 하기 위한 술법이라고 했다.

"안 됩니다, 안 됩니다…. 거기 그 사람 따라가면 안 됩니다."

저승에 있는 진주댁 남편과의 교신에 성공한 듯했다. 저승 안내자를 따라가는 걸 말린 것 같았다. 유 도사는 계속해서 눈을 감고 혼잣말을 했다.

"저승사자한테 들키면 안 됩니다. 어쨌거나 저승길이니 들키지 않게 저를 따라와야 합니다. 골목으로 들어가면 붉은색 대문이 나옵니다. 그 문을 박차고 나오세요."

한참 동안 중얼거리던 유 도사가 눈을 떴다. 그러더니 대뜸 진주댁 남편의 입에 손을 넣어 뭔가를 꺼냈다. 그곳에 있는 사람들은 경악했다. 엄청나게 긴 머리카락이 엉킨 채로 나왔다. 그리고 나서 진주댁 남편을 돌아앉힌 뒤 등을 손바닥으로 강하게 내리쳤다.

"찰싹!"

진주댁 남편이 눈을 번쩍 뜨며 남아 있는 머리카락을 뱉어냈다.

"우웨에엑…."

기적이었다. 숨이 끊겼던 진주댁 남편이 살아났다. 진주댁은 믿어지지 않아 남편을 만졌다. 유 도사는 지친 듯 털썩하고 의자에 앉았다.

"흐음… 조금만 늦었어도 큰일 날 뻔했네요. 그런데, 이 분 참 무서운 분이시군요? 조강지처를 해칠 생각을 하시다니?"

이모도 모르던 사실이었다. 도사의 말에 모두 놀랐다. 도사는 애써 살려놓은 진주댁의 남편에게 따졌다.

"왜 그렇게 위험한 짓을 한 겁니까? 그런 저주는 누가 가르쳐준 겁니까?"

그제야 남편은 이실직고했다. 진주댁은 시댁으로부터 어마어마한 재산을 받게 되었다. 하지만 진주댁은 큰돈이 있다고 해서 달라지는 사람이 아니었다. 늘 소탈했다.

남편은 돈이 탐났다. 내연녀가 생기니 돈이 더 필요했다. 아이도 없던 터라, 아내만 없으면 막대한 재산은 자신의 것이 된다는 생각이 들자, 욕심을 걷잡을 수 없었다. 억대 재산을 갖기 위해 흔적이 남는 살인을 할 수는 없었다. 그래서 용한 무당을 찾아갔다. 큰돈만 쥐여주면 사람에게 저주도 걸어주는 꽤 영악한 무당이었다.

"자네 아내 머리카락을 보름 동안 삼키면서 살인귀에게 빌어야 해…. 그래야 살인귀가 자네 아내 꿈에 나타나 죽일 것이여. 단, 조심해야 할 것이 있어. 만에 하나, 위급한 상황에서 자네 아내가 자네를 구하려고 하면… 역으로 자네가 살인귀에게 당할 것이야."

진주댁 남편은 보름 동안 아내의 머리카락을 먹으며 살인귀에게 빌었다. 그리고 자신이 당할지도 모른다는 생각에 아내에게 쌀쌀맞게 굴었다. 그러나 착한 진주댁이 그것을 알 리가 없었다. 모든 것이 그에게 돌아왔다.

유 도사는 진주댁 남편을 향해 말했다.

"죽었다가 살아나니 깨달았잖습니까? 사후 세계가 있다는 것을 말이지요. 명이 다 되어 다시 사후 세계로 돌아갔을 때, 심판받을 겁니다. 지금의 죄를 씻기 위해서는 앞으로 현세에서 덕을 많이 쌓아야 할 겁니다."

거울 귀신

1

기장 이모와 엄마의 지인 중에 갑부에게 시집을 간 아주머니가 있다. 과거 의상실에서 함께 일하던 그녀의 이름은 강수정, 본명은 강말자였다. 본명을 부르면 자신보다 나이가 많은 어른에게도 버럭 하고 소리를 지르는 왈가닥이지만, 외모가 출중하여 동네 총각들에게 인기가 많았다. 그중에 돈 많은 재벌 2세가 첫눈에 반해서 청혼을 하자, 냅다 시집을 가버렸다.

2009년 무더운 여름, 엄마에게 한 통의 전화가 왔다.

"명희야, 내다…. 잘 지냈나?"

목소리에 세월이 묻어 있었지만, 단박에 강수정 여사라는 걸 알았다. 얼마 만에 듣는 목소리인가? 엄마는 옛날로 돌아간 듯 반가움에 안부를 물었다.

그러나 강수정 여사는 반가움보다 다급한 목소리로 기장이모의 전화번호를 물었다.

"언니, 전화번호? 알지…. 근데 무슨 급한 일이야?"

옆에 있던 나는, 그때까지만 해도 엄청나게 무서운 일이 일어나고 있는 줄 몰랐다. 서른이 다 된 나와 누나가 다시 듣게 된 그날의 이야기. 그것이 생각날 때면 이상하게 거울을 보기가 싫어지더라.

이모도 애써 해주지 않으려는 이야기를 누나란 인간은 계속해서 해달라고 졸랐다. 이모가 제일 귀여워하는 조카 아닌가? 시집도 안 간 철딱서니 없는 누나의 애교에 이모는 결국 입을 뗐다. 나는 여전히 관심이 없었지만, 아니 관심 없는 척했지만 무척 궁금했다. 엄마가 입을 꼭꼭 닫고 말해주지 않았기 때문이었다.

그러니까 그 여름, 강수정 여사의 연락을 받고 그녀의 집을 찾아갔다. 엄청난 규모의 저택, 그러나 살림살이마다 성한 데가 없었다.

"거울이며, 창문이며 테이프로 꽁꽁 싸맨 이유가 뭐고? 태풍에라도 대비하는 거가?"

여사는 쓴웃음을 지으며 아무 말도 하지 않았다. 무엇을 어떻게 말해야 할지, 어려웠던 것 같다. 기장 이모가 모든 사람의 속을 꿰뚫어 볼 수는 없는 법. 집 구경을 하는 척 이곳저곳을 살펴봤다.

사람이 사는 집이라 하기 어려웠다. 죄다 흰 천으로 덮어놓거나 테이프로 칭칭 감아놓아서 고급 가구도, 커다란 집도 썩 좋아 보이지 않았다. 귀신이나 악귀 같은 것은 없었지만, 기분이 나쁜 것이 심상치 않은 느낌이 들었다. 별거 아닌 문제로 자신을 부른 건 아닐 테고, 이모는 답답한 마음에 그녀에게 재차 물었다.

"말자야, 진짜 무슨 일이고?"

본명을 말해서였을까? 발끈하며, 그제야 입을 떼는 그녀였다.

"언니, 내 수정이다… 강, 수, 정!"

강수정 여사의 말에 의하면, 언제부턴가 딸이 이상해졌단다. 몇 달 전까지만 해도, 착하고 밝았던 효녀 딸이 어느 순간부터 차갑게 변했다. 술도 마시지 못하는 아이가 매일같이 밤에 나가 놀다가 수척해진 상태로 아침에 들어오는 것이 마음에 걸렸지만, 그럴 수도 있다고 생각했다. 딸도 스물다섯 성인이니까 말이다.

그러던 어느 날, 딸의 방에서 생전 들어본 적도 없는 욕설이 들렸다. 마치 누군가와 싸우는 듯 딸의 언성이 점점 높아졌다. 딸이 화내는 모습을 본 적도 없을뿐더러, 욕을 내뱉는다는 것은 상상도 할 수 없는 일이었다. 무엇보다 딸의 방에 누군가가 들어간 것 같아서 걱정스러운 마음에 문을 조심스레 열었다.

하지만 방 안에는 그녀의 딸이 피폐한 몰골로 거울 속의 자신에게 분노하고 있었다.

"안 가, 미친년아. 안 간다고… 내가 거길 왜 가?"

그 광경을 보고 놀란 강 여사는 딸과의 대화를 시도했다. 그러나 딸은 많이 달라져 있었다. 정신에 이상이라도 생긴 듯 자신의 엄마를 향해 욕설을 퍼부었다.

"당신은 또 뭐야? 나가, 나가란 말이야."

딸은 화장품이며, 옷이며, 손에 잡히는 대로 물건을 집어 던졌다. 강 여사는 충격을 받았다. 아무런 말도 나오지 않았다. 당장 병원에 연락해 입원시키려고 했지만, 사람들을 부르면 그 자리에서 목을 긋고 죽어버리겠다는 딸의 협박에 그러지도 못했다.

날이 갈수록 딸의 상태는 더욱 심각해졌다. 거울이나 유리만 보면 기겁을 했다.

"엄마, 어서 와서 저년 좀 나가라고 그래!"

남편과 사별하고 홀로 딸을 키웠지만 이런 일을 겪을 줄은 꿈에도 몰랐다. 변해가는 딸은 악령이 깃든 소녀 같았다. 강 여사는 딸에게서 이성이라는 것을 찾아볼 수 없었다. 밤에는 미친 여자처럼 웃어댔다가, 낮에는 거울 속에 있는 누군가와 싸웠다.

강 여사는 막막했다. 여느 때처럼 딸이 괜찮아지기만을 기도하며 혼자서 딸의 방문만 지켜보고 있었다.

"와장창!"

딸의 방에서 유리 깨지는 소리가 들렸다. 문을 열어보니, 딸이 화장대 의자로 거울이며 창문을 모두 깨트리고 있었다.

"안 가, 안 간다고 이것아."

딸이 정상이 아니라고 생각한 강 여사는 그녀의 팔을 잡으며 말렸다. 그러나 딸은 잔뜩 상기된 표정으로 아직 깨지지 않은 전신 거울에 손가락질을 해댔다.

"엄마, 엄마… 저기 백발을 한 처녀 귀신이 자꾸 거울 안으로 들어오라고 한다. 지금도 저… 저년이 내보고 거울 속으로 들어오라고 하잖아, 봐봐. 엄마 너무 무섭다. 지금도 내보고 웃으면서 들어오라고 하는데, 저기 들어가면, 분명 저년이 내 죽일 것 같다. 엄마, 빨리 엄마가 가서 저년 좀 쫓아줘."

강 여사는 딸의 말을 듣고 옛날 일이 생각났다. 신라 부티크에 다니던 시절, 옆 건물에서 미용실을 하던 명선 언니의 어린 아들이 귀신의 덫에 걸려 제정신이 아닌 적이 있었다. 그때 기장 이모가 요란한 주문 같은 것을 외워 해결했더랬다. 그때 이후로 꽤 오랫동안 귀신이라는 존재를 잊고 살다가, 다급한 마음에 기장 이모에게 연락을 했다.

"언니, 우리 아이가 거울이나 유리에 자꾸 백발을 한 여자가 나타나서 무섭게 웃는대요. 진짜 그런 게 있어요? 거울에만 보이는 귀신 같은 거요."

2

기장 이모는 예감이 좋지 않았다. 거울은 귀신이 싫어하는 물건이다. 거울의 기능은 반사된 자신의 모습을 온전히 보는 것이다. 귀신이 거울을 본다는 것은 자신의 죽은 모습을 본다는 것이다. 자신의 죽음을 오롯이 인정하는 귀신이 얼마나 될까? 기장 이모의 말에 의하면 그런 귀신은 없다. 죽음을 인정한다면 귀신이 되지도 않았을 것이다. 귀신이 거울 속에 산다는 것은 소설이나 영화 속에나 나오는 이야기다.

"집에 거울 있으면 줘봐, 내가 네 딸내미 좀 봐야겠다."

이모는 그녀의 방으로 들어갔다. 방문을 열자, 썩은 냄새가 풍겼다. 도대체 얼마나 씻지 않은 것인가? 캄캄한 어둠 속에서 불을 켜는 순간, 강 여사의 딸이 이모를 확 덮쳤다.

"야이, 씨… 안 간다고, 안 간다고!"

한 마리의 들개처럼 달려들며 이모의 목을 조르는데 엄청난 괴력이었다. 그러나 썩어도 준치라고 했던가? 이모가 그녀의 팔목을 휙 하고 꺾으니, 고꾸라졌다. 강 여사의 딸은 이미 정상인의 눈이 아니었다. 사리 분별이 안 될뿐더러, 몰 골이 말이 아니었다. 살이 얼마나 빠졌는지 가늠이 안 됐지 만, 해골을 연상케 했다.

"나 데려가서 죽일 거잖아. 맞제? 느그들 내 죽일라고 온 거 맞제?"

본래 사람 일이란 알 수 없지만, 정신이 이상하다고 해서 무조건 귀신의 덫에 걸린 사람이라고 할 수 없고, 귀신이 보 인다고 해서 그것이 꼭 귀신이란 법은 없다. 오히려 세상에 는 귀신이 아닌, 사람의 행동에 의해 벌어진 비극이 훨씬 많 다. 기장 이모는 손거울을 들어 그녀를 비췄다.

"으아악, 거울 속에 귀신 년이 또 나타났어…. 제발 그것 좀 치워. 진짜 데려간다고 했단 말이야."

그녀의 말에 의하면 백발의 처녀 귀신이 눈을 동그랗게 뜨고, 거울 속으로 들어오라며 손짓한다는 것이었다. 그러 면서 고래고래 소리를 질러대는데, 함께 있기 힘들 정도로 난리를 쳐서 방문을 닫아버렸다. 강 여사는 흉측한 몰골이 된 딸을 구하고 싶은 심정에 이모의 팔을 잡았다. 딸이 공포에 떨며 바닥에 침을 흘리는 모습을 보자, 이모도 뭔가 크게 잘못되었다는 느낌이 들었다.

"언니, 우리 딸 귀신 들린 것 맞죠? 그때 미용실 명선 언니 아들이랑 증상이 비슷하잖아요? 고칠 수 있는 거 맞아요?"

기장 이모는 분명 저런 증상을 본 적이 있었다. 하지만 명선이 아들은 아니었다.

몇 년 전, 앞집에 살던 총각이 거울에서 술주정하던 아버지가 보인다며 난리를 친 적이 있다. 매일같이 살려달라며 울어대던 총각은 결국 목을 매 자살했다. 많은 사람들은 죽은 아버지가 아들을 데려갔다고 했지만, 어림도 없는 소리였다. 거울 속 죽은 아버지를 본 것이 아니라, 아버지처럼 알코올중독이 된 자신의 모습을 본 것이었다.

이모는 강 여사를 진정시켰다.

"말자야, 아무래도 병원에서 사람을 불러야겠다. 느그 딸내미, 저러다가 진짜 죽을 수도 있다. 내 말 오해하지 말고 들어봐라."

이모는 강 여사가 이성을 잃을까 봐, 걱정이 되었다.

"너희 집에 귀신은 없다, 아무것도 없어. 다만 니 딸내미 선아가 본 것은… 아마도 자기 자신인 것 같다."

여장부로 불리는 이모도 긴장을 했다. 떨리는 목소리로 자신이 생각한 것을 조심스레 말했다.

"아마도 선아가 마약에 손을 댄 것 같다…."

이모의 말에 놀란 강 여사는 참아왔던 눈물을 흘렸다. 몇 번이나 아니라고 했지만, 이모가 팔목을 비틀 때 주삿바늘 자국이 가득한 그녀의 팔을 보았다. 강 여사는 그것도 모르고 귀신 탓으로 돌렸던 자신이 싫었을 것이다. 어쩌면 알고 있으면서 현실과 마주하기 싫었는지도 모른다.

병원 사람들이 들이닥쳤을 때 또 한 차례 자살 소동이 있었지만, 그들은 능숙하게 그녀의 팔다리를 묶고 입을 막았다. 그녀의 방에서 나온 것은 수십 개의 주사기와 얼마 남지 않은 흰색 가루였다. 대다수의 사람들이 여기서 이 일이 해결된 줄 알겠지만, 더욱 고통스러운 비극이 시작됐다. 그녀의 몸은 망가질 대로 망가졌고, 몸과 마음을 조이는 후유증은 정말 무서운 것이었다. 마약 맛을 본 몸은 매일같이 뒤틀렸고, 갈증이 났다. 자신의 모습을 비추는 물건마다 백발의 귀신이 나타나서 겁을 줬다.

강 여사의 딸은 1년 전 친구 생일 파티에서 어떤 남자를 알게 되었다. 몇 번의 만남 끝에 사귀게 되었고, 결국 약에 빠졌다. 그와 함께 지내는 매일 밤이 쾌락 파티였다. 술에 취해, 약에 취해 자신의 인생을 악마에게 팔고 쾌락을 얻었다. 그녀는 모든 돈을 탕진하면서까지, 그것을 대량으로 구입했다. 자신의 방에서 매일 밤 마약을 투여했다. 투여량이 많을수록 쾌락의 만족도는 높아졌지만, 부작용에 시달렸다. 끊으려고 노력할수록 이성적인 자신의 모습은 증발되어갔다.

"이모, 그러면 그 아주머니 딸은 지금 뭐 해? 회복해서 잘 살고 있어?"

이모가 이야기하고 싶지 않을 때 짓는 특유의 표정이 있다. 눈을 꼭 감으며 아무런 말도 하지 않는 것이다. 누나가 물었을 때, 이모는 눈을 꼭 감았고, 입도 꽉 다물었다.

나는 은근슬쩍 엄마에게 물어서 그녀의 소식을 들었다. 오랫동안 치료를 받고 퇴원하던 날에 다시 마약에 손을 댔고, 지금은 청주에 있는 교도소에 수감 중이라고 했다.

끝나지 않는 지배

오대웅

1963년, 오대웅이라는 사내가 철거 일을 시작했다. 처자
식을 먹여 살리기 위해 뭐라도 해야만 했기 때문이다. 그러
던 어느 날, 일제강점기에 지어진 화려한 건물 하나를 철거
하게 되었다.

"이게 웬 떡이냐?"

대웅은 언제나처럼 쓸 만한 물건을 가져가기 위해 현장에
일찍 도착했다. 작업반장이나 경력 있는 인부들은 말했다.

"아무리 좋은 물건이라도 가져가면 안 돼야. 괜히 재수가 옴 붙을 수도 있거든. 그래서 철거할 때 나오는 물건은 무조건 소각하지. 자네도 조심하게. 좋다고 함부로 물건을 가져가면 안 되네."

그러나 대웅은 듣지 않았다. 특히 오늘같이 거대한 저택은 노다지였다. 이렇게 크고 화려한 집은 처음이었다. 왜색이 짙었고 방이 수십 개나 있었다. 어떤 방에는 일본 전통옷이 아무렇게나 널려 있었고, 어떤 방에는 화장품 분통과 과자 상자 들이 뒹굴었다.

"6.25 끝난 지가 언젠데 쪽발이들이 살았나? 겁을 상실한 일본 놈들일세⋯."

대웅은 먼저 옷을 주섬주섬 챙기며 두리번거렸다. 저택에는 일본 풍속화가 곳곳에 걸려 있었는데, 무섭고 괴상하게 생긴 인물에 호기심이 생겨 유심히 살펴보았다. 대부분 사무라이 같은 사내들이 무서운 표정을 지으며 칼을 휘두르거나, 적의 목을 토막 낸 그림이었다. 대웅은 복도에 걸린 그림을 따라갔다. 그리고 마지막 방에 도착하게 되었다. 그 방에서는 좀 특이한 기운이 느껴졌다. 다른 방은 여닫이문이었는데, 그 방만큼은 큰 미닫이문이었다. 대웅은 손잡이를 돌렸지만 잠겨 있었다.

"옳거니, 이곳에 분명 값비싼 물건이 있구나? 어차피 철거할 거, 그냥 문을 부숴버리자."

대웅은 손잡이를 부수고 문을 열었다. 새빨간 벽지로 가득한 방에는 제사를 지내는 제단祭壇만 있었다. 제단의 중앙에는 일본 전국시대에나 볼 수 있을 법한 투구와 갑옷이 있었고 앞에는 엄청난 크기의 검이 놓여 있었다. 대웅은 조심스럽게 검을 뽑았다. 그러자 검은 "웅웅" 소리를 내며 날카로운 날을 드러냈다. 오랫동안 사람이 없던 집에 있는 물건답지 않게 투구와 갑옷은 매일 누군가가 손질한 것처럼 깨끗했고 새것 같았다. 무엇보다 흠 하나 없었다.

"굉장하구먼? 척 봐도 값비싸 보이는군, 허허허. 작업반장과 인부들이 오기 전에 냉큼 집으로 들고 가야겠다. 이걸 판다면 어마어마한 돈이 되겠어."

보자기에 물건들을 싸가지고 서둘러 집으로 왔다. 놀란 아내가 어찌 된 영문인지 물었지만, 대웅은 몸이 좋지 않다며 방으로 들어갔다.

"이보게 자네 말이야, 절대 방에 들어오지 말게나. 내가 몸도 좀 안 좋고 머리 아픈 일이 있으니까, 누가 찾아오면 아프다고 하고…."

방 안으로 들어오자마자, 보자기를 풀었다. 저택에서 들고 온 물건을 조심스레 꺼냈다. 일본인의 옷을 입어보고, 검도 뽑아 들며 그림 속 사무라이 흉내를 냈다. 기분이 묘했지만 재미있었다. 바로 그때, 밖에 누군가가 찾아왔다. 작업반장이었다.

"이보게 대웅이, 나 최 반장일세. 어디 아프다고 들었네. 괜찮은가?"

대웅은 깜짝 놀랐다. 저택에서 들고 온 물건들을 재빨리 다락에 넣었다. 그러고 나서 이불을 뒤집어쓰고 최대한 아픈 척을 하며 방문을 열었다.

"네, 반장님… 이거 죄송합니다. 아침 일찍 갔다가 몸이 안 좋아서 다시 왔습니다."

반장은 정말 걱정되는 표정으로 대웅을 바라봤다. 저택에서 물건을 가져온 건 눈치채지 못한 모양이었다.

"이보게, 오늘은 철거 작업을 하지 않았네. 작업자들 중에 자네처럼 아픈 사람이 많아서 말이지. 그래서 하루 쉬고 내일부터 일을 시작할까 하네. 내일은 괜찮겠는가?"

대웅은 당연하다며 고개를 끄덕였다.

"하룻밤 푹 자고 일어나면 괜찮아질 겁니다. 그런데 뭐 하나 물어봐도 되겠습니까?"

작업반장은 고개를 끄덕였다.

"철거할 집 말입니다. 아침에 살펴보니 일본인들이 살았던 집 같은데요. 그들은 전쟁이 끝나고 자기 나라로 가지 않았나요?"

작업반장은 담배를 한 대 물고 불을 붙였다.

"아, 그 집? 그거 일본 놈들 집이 아니야. 그러니까… 뭐라고 설명해야 하나? 친일파의 집이라고 해야 하나? 일제강점기 때 일본 놈들에게 충성을 맹세한 강주용의 집인데 말이야. 광복을 했는데도 용케 살아남아 그 집에서 살았지. 전쟁이 끝나고도 꽤 오랫동안 그곳에 살았어."

대웅은 강주용이란 인물이 매우 궁금했다.

"강주용이란 사람은 힘이 좀 있었나 보네요? 연줄이 센가?"

작업반장은 깊은 한숨을 쉬었다.

"자네는 뭐가 그렇게 신이 나서 물어보나? 이게 다 친일파를 척결하지 못한 탓이야. 자네가 몰라서 그래. 강주용이란 인간, 아주 미친 인간이야. 왜놈 귀신이 들린 놈이지. 광복을 하고도 일본을 잊지 못해, 집에서는 일본 옷을 입고, 일본 말을 했다더군…."

강주용은 본래 조그마한 사업을 하는 사람이었다. 일본이 강제로 나라를 빼앗자, 누가 뭐라고 하기도 전에 먼저 머리를 조아렸다. 전쟁에 필요한 물품도 바치고, 무기에 필요한 돈도 바쳤다. 그것도 부족해서 같은 민족인 젊은이들을 전쟁에 내보내야 한다며 동네방네 떠들어댔다. 결국 일본에게 인정을 받아 더욱 많은 부와 권력을 쌓았다. 광복이 됐지만, 당시에 함께 친일했던 사람들이 그대로 권력을 잡으면서 운 좋게 살아남았다. 아니, 살아남은 정도가 아니었다. 강주용의 부와 권력은 갈수록 커졌고, 집안은 나날이 번창했다.

"그런데 강주용은 어디 가고 그 집을 철거하는 겁니까?"

작업반장은 누가 들을까, 주위를 두리번거렸다. 그리고 대웅의 귀에 밀담을 나누듯 속삭였다.

"그 새끼? 사라졌어. 마누라, 자식, 종놈 할 것 없이 말이야. 어느 날 모두가 소리 소문 없이 사라졌어. 이상하지?"

항간에는 그동안의 악행 때문에 마을 사람 중 누군가가 일가족을 죽이고 뒷산에 파묻었다는 소문도 있었고, 강주용이 일본을 병적으로 좋아해서 일가족 모두를 데리고 떠났다는 말도 있었다. 그렇게 7년쯤 집이 비워져 있었다. 그런데 갑자기 관청에서 친일파 강주용의 집을 철거하고 그곳에 관공서와 건물을 짓겠다는 것이었다.

"아무튼 내일 보세. 나는 또 몇 집에 가봐야 하니까…."

대웅은 작업반장이 시야에서 벗어나길 기다렸다가 방에 들어왔다. 다락에서 일본 전통 옷과 투구, 검을 다시 꺼냈다. 자신도 모르게 심장이 뛰었다. 대웅의 아내는 남편이 그러고 있는 줄도 모르고, 식사를 챙기기 위해 문고리를 잡았다. 그런데 뭔가 이상한 느낌이 들었다. 방 안에서 일본 말이 들렸다.

"와타시와 부시다. 부시니 교후와 나이…(나는 무사다. 무사에게 두려움은 없다…)."

아내는 자신이 부엌에 있는 사이, 누가 왔나 싶어 조심스레 방문을 열었다. 아내는 놀라 나자빠졌다. 방 안에는 남편 대웅이 일본 전통 옷을 갖춰 입고, 어느새 화장을 했는지, 새하얀 얼굴을 잔뜩 찡그리며 긴 칼을 들고 있었다.

"다레나노카(너는 누구냐)?"

아내는 자신이 잘못 본 것은 아닌지, 눈을 비비고 다시 보았다. 남편 대웅이 평소처럼 앉아 있었다.

"자네, 왜 그러는가? 귀신이라도 본 거야?"

아내는 아무 일도 없었다는 듯 일어났다.

"아니에요. 식사하시라고요."

아내는 또 한 번 놀랐다. 방 안을 둘러보니, 일본 투구와 갑옷이 사람 형상으로 한가운데에 있었고, 그 앞에는 긴 칼이 반듯하게 전시되어 있었다. 양쪽에는 촛불이 켜져 있어 제사를 지내는 것 같았다.

"여보… 이게 뭐예요?"

대웅은 빙긋이 웃을 뿐, 대답하지 않았다. 일본 무사에게 기도를 하자며 아내에게 손짓만 할 뿐이었다. 아내는 이해할 수 없었다.

"여보, 이게 뭐 하는 거예요? 미신 같은 거 싫어하는 양반이…."

아내가 대웅이 가져온 갑옷과 검을 치우려고 했다. 그러자 대웅은 화를 불같이 내며, 아내의 뺨을 힘껏 내리쳤다.

"돗포이 온나(건방진 여자야)!"

손찌검 한 번 한 적 없는 남편이었는데, 아내는 비참했다. 부끄럽고 겁이 나서 고개를 들지 못하고 벌벌 떨며 엎드려 있었다.

"이 천한 년아, 여기 있는 물건들 손끝 하나라도 건드려 봐?! 아주 손모가지부터 온몸을 토막 내버릴 테니까. 애새끼들한테도 전해…."

대웅은 매우 신경질적으로 날카롭게 쏘아대고는 나가버렸다.

*

대웅의 아내는 남편의 변한 모습에 넋이 나갔다. 남편이

난폭해진 건 저기 있는 왜놈들 물건 때문인 것 같았다. 당장 버리고 싶었다. 하지만 남편이 두려워 버릴 엄두가 나지 않았다. 결혼하고 처음으로 남편에게 그런 대우를 받았기에 싱숭생숭했다. 마루에 앉아 허공을 봤다. 두 딸이 하교를 하고 집에 들어왔는데도 아내는 넋이 나간 것처럼 멍하니 있었다.

대웅과 아내에게는 딸 둘과 아들 하나가 있었다. 장녀 지연, 차녀 성연, 막내아들 만석이었다. 두 딸은 소학교에 다녔고, 막내아들은 아직 어려서 이제야 걸음마를 뗐다. 두 딸은 집에 들어오자마자, 이상한 분위기를 감지했다. 평소에 자신들을 반갑게 맞아주던 엄마가 넋을 놓고 있는 모습에 불안감이 밀려왔다.

"엄마, 무슨 일 있어요? 얼굴이 많이 안 좋아 보여요."

대웅의 아내는 그제야 정신이 번득 들었다. 별것 아니라고 답하며 아이들에게 삶은 감자라도 내주려고 부엌으로 들어갔다. 갑자기 작은딸의 비명이 들려왔다. 놀란 아내는 당장 뛰쳐나와 마루로 향했다. 성연이 눈을 가리고 안방을 가리켰다.

"엄마, 저기… 도깨비가… 도깨비가…."

그것은 일본 무사의 투구와 갑옷이었다.

"아니야, 아니란다. 저것은 도깨비가 아니야. 아버지가 아끼는 비싼 물건이란다. 많이 놀랐구나…."

성연이 많이 놀랐는지 고개를 절레절레 흔들고는, 안방에 정말 도깨비가 있다며 울먹였다. 대웅의 아내는 괜히 저런 걸 들여와서 아이들도 놀라고 자신의 마음도 불편하게 하는 남편의 행동에 짜증이 났다. 남편이 뭐라고 해도 버릴까, 생각했다.

"에헴, 집안이 왜 이렇게 소란스럽나? 무슨 일이야?"

대웅이 돌아왔다. 아내는 별것 아니라며 손을 흔들었다. 그러고는 큰딸에게 성연을 데려가라고 눈짓했다.

"여보, 어딜 다녀오셨어요? 양손에 든 것은 무엇이에요?"

대웅은 자신이 가져온 보자기를 마루 위에 조심스럽게 내려놨다. 보자기 속에는 어마어마한 두루마리가 있었다. 그중 하나를 풀었다. 일본 전국시대의 사무라이 풍속화였다. 사무라이가 적의 머리를 들고 괴상한 표정을 지으며 웃고 있었다.

"하하하… 이 얼마나 멋진가? 자네, 사무라이에 대해서 아는가?"

대웅의 아내는 괴상한 그림을 보자 마음이 더욱 불편했다. 남편이 일본인 귀신에게 홀린 것처럼 하루아침에 바뀌니 적응이 되지 않았다. 잘 모른다고 답하곤 부엌으로 들어갔다.

대웅은 다시 저택에 가서 방과 복도에 걸린 모든 풍속화를 들고 왔다. 매우 흡족해하며 방마다 일본 풍속화를 걸어놓았다. 안방은 물론이고, 아이들 방에도, 사랑방에도, 부엌에도 걸었다. 그리고 무슨 의식처럼 그림을 보며 절을 하기 시작했다. 가족들은 마음이 불편했지만 어쩔 수 없었다. 어린 두 딸도 아버지가 이상했지만 엄마가 입을 막자, 차마 대꾸할 수 없었다.

대웅은 그날 이후로 안방에서 혼자 지냈다. 평소에는 저택에서 들고 온 기모노를 입고 다녔다. 집에 있을 때는 갑옷과 검에 기도를 하며 시간을 보냈다. 일본어를 배우지 않았지만 자주 일본 말을 했으며, 그림도 그릴 줄 몰랐던 사람이 일본 풍속화를 그리는 날도 있었다. 그럼에도 불구하고 대웅의 아내가 참을 수 있었던 이유는 대웅이 철거 일을 꾸준하게 나가 돈을 잘 벌어 왔기 때문이다. 수완이 좋아 회사에서 인정받았으며, 어느 새 작업소장의 위치에 올랐다.

결국 대웅의 가족은 마을에서 손에 꼽히는 큰 집으로 이사를 갔다. 소문은 마을에 빠르게 퍼져나갔다. 대웅이 일본 귀신에게 신내림을 받아 부자가 되었다며, 많은 사람들이 대웅의 집에 몰려들었다. 아내는 대웅에게 마을 사람들이 찾아왔다고 알렸다. 그러자 대웅은 미소를 지으며 자신이 나가보겠다고 했다. 대웅이 모습을 드러내자, 집 앞에 모인 사람들이 모두 놀랐다. 오대웅의 예전 모습은 온데간데없고, 전국시대 그림에서나 볼 법한 일본인 사내가 있었다. 포마드를 발랐는지 머리카락을 뒤로 넘겨 이마가 훤하게 보였고, 피부는 온몸에 화장을 한 것처럼 하얬다. 유난히 매서운 눈 밑은 붉은 화장을 해서 귀신처럼 보이기도 했다. 그런 대웅을 보고 마을 사람들은 수군거렸다.

"자, 여러분. 제 모습에 많이들 놀라셨겠지만 보이는 것이 전부가 아닙니다. 우매한 조선인의 생각으로 산다면 평생 지금의 생활에서 벗어나지 못할 것입니다. 과거 강주용 선생은 그것에서 벗어나, 엄청난 부와 명예를 가졌지요. 저 또한 몇 날 며칠을 연구하며 일본의 우수함에 놀랐습니다. 저와 함께 하루만이라도 기도를 해보십시오. 달라질 것입니다."

사람들은 반신반의했지만, 대부분의 사람들이 욕망 때문에 대웅의 집으로 들어갔다. 지하에는 온통 붉은 벽지로 도배 된 방이 하나 있었는데, 그곳에 있는 투구와 검 앞에서 모두들 절을 올렸다. 대웅이 일본어로 뭐라고 읊조리자, 모두들 그것을 따라 했다. 잠시 후, 많은 사람들이 갑자기 통곡을 하며 뭔가를 깨달은 듯 기도했다. 이후, 대웅은 사람들의 길흉화복을 봐주기도 하고 마을의 운명에 관여하기도 했다. 신도가 매일 늘어갔다. 대웅은 막대한 돈을 가지게 되었다. 아내는 굴러 들어오는 돈에 눈이 멀어 남편이 무슨 짓을 하든 상관없었다. 예전처럼 힘들게 살지 않아도 되고, 모두가 어려운 시대에 본인은 편하게 사니, 그것으로 만족했다. 속으로는 대웅보다 그 일본 신神을 더 믿었는지도 모르겠다.

그러나 그런 모습을 달가워하지 않는 사람이 있었다. 대웅의 두 딸이었다. 큰딸 지연과 작은딸 성연은 학교에서 매일같이 아버지에게 쪽발이 귀신이 붙었다는 놀림을 받았다. 그런 아버지가 싫었다. 갑옷과 일본도를 가져온 날부터 아버지가 이상해진 것이라 믿었다. 그래서 그것을 없애기로 마음먹었다. 그러던 어느 날, 기회가 왔다. 아버지가 회사 윗사람의 부름으로 다른 지방에 간 것이다. 지연과 성연은 지하로 서둘러 내려갔다.

"언니, 진짜 저것을 버릴 거야? 아버지가 알면 야단치지 않을까?"

지연은 단호했다. 아버지가 일본 귀신에 씌어서 그렇게 된 것이라고 믿었다.

"너도 알잖니? 우리 어릴 적을 생각해봐. 그때는 가난해도 행복했어. 고것만 버리면, 우리는 예전처럼 행복한 가족으로 돌아갈 수 있을 거야."

성연은 망을 보고, 지연은 물건을 가져오기로 했다. 지연이 떨리는 마음으로 조심스레 문을 열고 방으로 들어갔다. 그런데 시간이 한참 지났는데도, 지연이 나오지 않았다. 성연은 그제야 깨달았다.

"아?! 고것이 무거워서 언니가 혼자 못 들고 오겠네. 하긴 그걸 혼자서 어떻게 들고 와?"

성연은 지연을 돕기 위해 문을 열었지만, 방의 광경을 보고 말문이 턱 막혔다.

그러니까 몇 년 전, 아버지가 처음 그것을 들고 온 날에 성연은 안방 문을 열고 놀란 적이 있었다. 엄마와 언니는 투구와 갑옷을 연결해놓은 형상 때문에 놀란 것이라 생각했지만, 성연은 진짜로 도깨비 같은 것을 보았다. 그런데 그것을 다시 보게 되다니 너무 무서웠다. 검은 기모노를 입은 남자, 하얀 얼굴에 찢어진 눈. 초점 없는 눈은 사방으로 불규칙적으로 움직였다. 그래서 더욱 무서웠다. 더군다나 치아는 쥐를 잡아먹었는지 새빨갛게 피가 묻어 있었는데, 그것이 언니 주위를 빙글빙글 돌며 언니에게 얼굴을 들이밀 때마다 피를 흘렸다. 산발이 된 붉은 머리카락이 그의 얼굴을 더욱 무섭게 만들었다.

성연은 그가 해코지할까 봐, 언니를 큰 소리로 불렀다. 언니는 성연의 말에 대꾸도 하지 않고 고개만 숙이고 있었다. 하지만 그 붉은 머리의 도깨비는 성연의 목소리를 들었는지 고개를 돌려 성연을 흘겨봤다. 성연은 그것과 눈이 마주치자, 너무 무서워 울음을 터트렸다. 밀려오는 공포감에 차마 소리 내어 울지 못했다. 도깨비는 관절이 부서져 몸과 머리가 따로 놀듯 기이한 동작으로 한 발자국, 한 발자국 성연에게 다가갔다. 성연은 그 모습을 보자마자, 언니에게는 미안하지만 방문을 닫고 1층으로 냅다 뛰었다.

"엄마, 엄마… 어디 있어요? 언니가 위험해요, 엄마, 엄마…."

*

성연은 안방에서 자고 있는 엄마를 깨웠다. 대웅의 아내는 깜짝 놀라서 뛰쳐나왔다. 성연을 따라 지하 1층으로 부랴부랴 내려갔다.

"엄마, 엄마… 여기 안에 언니가… 도깨비한테…."

대웅의 아내는 딸이 무슨 이야기를 하는지 전혀 알지 못했다. 다급한 마음에 제단이 있는 방의 문을 열었다. 하지만 성연의 걱정과 달리, 큰딸 지연은 무사했다. 성연의 눈에도 붉은 머리 도깨비는 보이지 않았다. 그러나 성연은 멀쩡한 언니의 모습에 비명을 질렀다. 아빠의 물건을 함께 버리자던 언니가, 일본 무사의 갑옷과 검 앞에서 절을 하고 있었기 때문이다.

"언니, 지금 뭐 하는 짓이야? 왜 여기에다 절을 하고 있어?!"

큰딸 지연은 동생의 말에도 대꾸하지 않고 주문을 외우듯 기도했다. 성연은 그런 언니의 팔을 잡고 말렸다. 그러자 언니는 성연의 뺨을 세차게 때렸다.

"오로카나 온나요(어리석은 여자야)!"

성연은 소름이 돋았다. 더욱이 장난으로라도 아버지의 기도를 따라 하면 호통을 치며 말리던 엄마가, 언니와 함께 기도를 했다. 성연은 끔찍한 현실을 믿고 싶지 않아 밖으로 뛰쳐나갔다. 그때 알게 되었다. 엄마와 막내 동생은 아버지와 함께 그런 의식에 참여한 지 오래였고, 이제 갑자기 돌변한 언니까지 동참하게 된 것이다.

강종구

시간이 아주 많이 지났다. 대웅은 어느새 마을 권력의 중심이 되었다. 아니, 반신반인半神半人이었다. 소문의 소문을 타고 많은 신도가 모였다. 많은 이들이 대웅 덕에 먹고살기 괜찮아졌다고 했다. 대웅은 그토록 바라던, 규모가 꽤 큰 비료공장의 사장이 되었다. 대웅의 수완도 수완이지만, 꽤 똘똘한 사내 하나가 안팎으로 일을 잘 도와주고 있었다. 대웅은 공을 그 사내에게 돌린다며 젊은 나이임에도 불구하고 부장 자리에 앉혔다. 이상하게도 그 사내에게 정이 갔다. 하지만 그에 대해 아는 것이 전혀 없었기에 따로 불러 술을 한잔했다.

"그러고 보니까, 강 부장. 내가 자네에 대해서 아는 것이 딱히 없구먼? 고향이 여기인 거랑, 나이가 30대 중반이라는 것밖에 모르는군. 고향이 여기라면 나를 한 번쯤 봤을 터인데, 나는 그대를 처음 본단 말이지? 양친은 살아 계신가?"

강 부장은 대웅이 주는 술을 받아 한입에 털어 넣었다.

"모두 돌아가셨습니다…."

한동안 침묵이 흘렀다. 잠시 후, 강 부장은 뭔가를 골똘히 생각하다가 대웅에게 술을 따랐다.

"사장님, 관공서 건물이 들어서기 전에 있던 집을 기억하십니까? 굉장히 큰 저택이라 여기 살았다면 모를 수가 없을 텐데요."

대웅은 눈이 번쩍 뜨였다. 강 부장이 친일파 강주용의 집을 말하고 있었기 때문이다.

"요시, 요시(좋다, 좋아)… 알지. 강주용 선생의 집 말인가?"

강 부장은 자신의 잔에 술을 따라 단숨에 들이켰다.

"저는 모두 알고 있습니다. 사장님, 지금이라도 늦지 않았습니다. 당장 집에 있는 일본 망자의 물건들을 모두 태우십시오. 그렇지 않으면 많은 사람들이 죽게 될 것입니다."

이번에는 대웅이 술을 마셨다.

"자네 말이야, 혹시 강주용 선생과 관계가 있나?"

강 부장은 오대웅의 눈을 똑바로 쳐다보며, 자신이 강주용의 아들이라고 했다. 대웅은 깜짝 놀랐지만, 태연한 척 강부장의 이야기를 들었다.

그러니까 강 부장이 태어나기 전부터, 아버지인 강주용은 친일 행각으로 일본인에게 큰 신뢰를 받았다. 그러던 어느 날, 일본 경찰의 고위 간부와 고승이 강주용을 찾아왔다.

"이것은 말입니다. 과거, 조선에서 사망한 대일본제국의 명장 구로다 장군의 갑옷과 일본도입니다. 안타깝게도 구로다 장군은 야만스러운 조선인들의 돌에 맞아 비참하게 죽었지요. 원통한 그의 원혼이 아직도 성불하지 못하고 자신의 갑옷에 갇혀 있습니다. 조선인인 선생이 공을 들여 사

죄하고 장군을 모신다면, 장군께서도 용서하시고 큰 복을
내리실 겁니다. 조선인인 선생께서 구로다 장군을 잘 모셔
주셨으면 합니다."

일본인들은 강주용을 좋아하고 신뢰할 수밖에 없었다.
강주용은 그날 당장 '구로다'로 창씨개명을 했다. 대일본제
국의 장군처럼 일본에 충성을 다하겠다는 의지를 보여준
셈이다. 강주용은 구로다의 투구와 갑옷을 하나로 이어 무
사의 형태로 만들었다. 갑옷 앞에는 일본도를 두어, 본격적
으로 구로다의 원혼을 달래는 제를 지냈다. 매일 절을 하고
기도를 올렸다. 어찌된 영문인지, 거짓말처럼 강주용의 삶
은 탄탄대로였다. 일본의 보호 속에 사업도 번창했고, 권력
도 강해져서 자신의 말 한마디면 모든 것을 이룰 수 있었다.
무엇보다 그해에 아들인 강 부장, 그러니까 강종구가 태어
나 경사 중의 경사를 누렸다. 강 부장도 그것이 당연한 줄
알고 호의호식을 누리며 자랐다.

강 부장이 열두 살 무렵, 집에서 하인들과 숨바꼭질을 하
던 때였다. 하인이 찾지 못하게 금단의 구역이라 불리던 지
하 1층에 숨었다. 다행스럽게도 아버지인 강주용이 자리에
없었다. 무서웠으나, 하인들이 자신을 찾지 못해 당혹스러

운 표정을 지을 생각에 신이 났다.

방 안에는 혼자였다. 이상하게도 제단 중앙에 있는 무사의 갑옷에 눈이 갔다. 평소에는 빈 갑옷이라 생각했는데, 그날따라 유독 사람처럼 느껴졌다. 갑옷을 유심히 살펴봤다. 그것은 분명 사람이었다. 누군지는 알 수 없었지만, 사람이 갑옷을 입고 있었다. 그걸 보자 무서운 생각 하나가 스쳤다.

'만약 갑옷 안의 남자가 갑자기 눈을 뜬다면? 나를 향해 다가온다면?'

금세 말도 안 되는 생각이라며 킥킥대고 웃었지만 알 수 없는 공포감에 그곳을 나가기로 했다.

"구야시… 구야시… 구야시… 구야시…(분하다… 분해… 분하다… 분하다…)."

아무도 없는 방에서 누군가가 원통하다며 일본 말로 울부짖었다. 조심스레 뒤를 돌아봤다. 투구와 갑옷을 입은 사람이 눈을 감고 제단 중앙에 서 있을 뿐이었다. 무섭기도 했지만, 호기심이 생겼다. 그래서 무사에게 다가가 말을 걸었다.

"저기, 사람인가요?"

무사는 아무 말도 하지 않았다. 종구는 고개를 갸우뚱거렸다.

"그럼 귀신인가요?"

아무리 봐도 사람같이 만들어놓은 인형이었다. 종구는 그제야 무서움이 사라졌는지 낄낄댔다. 그리고 평소처럼 건방진 말투로 무사에게 장난을 쳤다.

"바카… 바카야로! 오마에와 바카다(바… 바보야! 넌 바보다)!"

왜 그런지 모르겠지만 무사의 몸이 심하게 떨렸다. 깜짝 놀란 종구는 무사를 쳐다봤다. 자신도 모르게 일본 말이 튀어나왔다.

"아나타와… 오… 오니… 데스카(당신은… 귀… 귀신… 입니까)?"

무사는 눈을 똑바로 뜨고 종구를 노려봤다. 그러다가 이내 검은 눈물을 쏟아내며 종구에게 다가왔다.

"구야시… 구야시… 구야시… 구야시…(분하다… 분해… 분하다… 분하다…)."

하지만 무사는 서 있지 못하고 넘어졌다. 등뼈가 부러졌는지, 팔로 엉금엉금 기어서 종구를 쫓았다. 피인지, 먹인지 모를 검은 토사물을 마구 쏟으며 종구를 잡으려고 발버둥 쳤다. 그 모습에 겁먹은 종구는 울며불며 방에서 나가려고 했다. 하지만 밖에서 문을 잠갔는지 도통 문이 열리지 않았다.

"살려주세요… 살려주세요…."

무사가 종구의 다리를 잡았다. 종구는 놀라 혼절했다. 정신을 차려보니 병원이었다. 거품을 물고 쓰러진 것을 하인이 발견했단다. 이후, 종구는 그 방에 얼씬도 하지 않았다.

강 부장이 한참을 장황하게 설명하고 있는데, 갑자기 대웅이 말을 끊었다. 지루하다는 표정으로 강 부장을 봤다.

"그러니까 그게 나와 무슨 상관이지? 자네가 왜 그 말을 나에게 하는지 모르겠네."

강 부장은 독한 술을 따라 한 모금에 털어 넣었다.

"전 그날 봤습니다. 사장님께서 저희 집에 와 갑옷과 일본도를 가져가는 것을 말이지요. 그러고 다시 찾아와 그림까지 가져가셨지요. 그때 저는 사장님 뒤에서 웃고 있는 일본 귀신을 봤습니다. 어린 시절, 저를 쫓아오던 귀신이었습니다. 구로다 말이지요."

강 부장이 말을 끝냈을 때 대웅의 모습은 이미 없었다. 과거 조선인을 무참히 살해했던 일본 귀신 구로다의 모습만 있었다.

*

종구가 아버지의 제단에서 귀신을 봤다며 난리를 쳤을 무렵, 나라가 해방됐다. 많은 이들이 "대한 독립 만세"를 외치며 밖으로 나왔다. 지긋지긋한 일본의 독재로부터 벗어난 것이다. 일본인들은 서둘러 자신의 나라로 도망치듯 떠났다. 수많은 친일파가 광복에 당황했다. 일부는 어디론가 숨어버렸고, 몇몇은 분노한 백성에게 맞아 죽었으며 다수는 친일파지만 친일파가 아닌 척 "척결"을 외치며 다른 친일파를 쳤다. 강주용은 당황하지 않았다. 제단에 기도를 올리며 하루하루를 보냈다. 경찰들을 집 앞에 무장시켜, 분노한 사람들이 함부로 들어오지 못하게 했다. 그의 말 때문에 징병된 하나뿐인 아들의 생사조차 알 수 없어 가슴 아픈 나날을 보내던 한 어머니는 돌이라도 던지려 찾아왔지만 이내 저지당했다.

"강주용 이놈아, 네놈이 사람새끼가? 이 죽일 놈의 새끼야, 내가 네놈 평생 저주하고, 집안까지 망하라고 평생 빌 것이야."

그럼에도 불구하고 강주용의 기도가 훨씬 더 효과가 있었는지, 우습게도 골수 친일파들이 경찰이나 법조계의 권력을 차지해, 고위 관료로 신분을 세탁하는 데 성공했다. 이와 함께 강주용도 대한민국의 미래를 책임질 위대한 사업가로 추대받아서 다시 부와 명예를 가지게 되었다. 하지만 강주용은 또 한 번 위기를 맞았다. 6.25가 터진 것이다. 다수의 젊은이들은 나라의 부름에 끌려갔고, 대부분의 사람들은 서둘러 피난을 갔다. 강주용은 과거에 함께 친일을 했던 정보망으로부터, 인민군이 쳐들어와 대통령이 가장 먼저 피난 갔다는 소식을 들었다. 그래서 남들보다 빨리 부산에 도착할 수 있었다. 구로다의 갑옷과 일본도는 고이 싸서 직접 들고 다녔다. 하인은 물론이고 가족도 그것만큼은 만지지 못하게 했다. 여차하면 일본으로 갈 궁리를 했지만, 현실적으로 무리였다.

지인을 통해 아주 작은 방을 구했다. 전쟁이 끝나기만을 바랐다. 이념 전쟁은 비극이었다. 수많은 사람들이 가족을 잃었고 죽었다.

근 4년 동안 많은 사람이 두려움과 공포를 겪은 후에야 휴전하게 되었다. 한반도는 반으로 갈라졌고, 대한민국은 섬이 아닌 섬이 되었다. 강주용은 이때를 기다렸다는 듯 가족과 함께 고향으로 갔다. 다행히도 인민군의 세력이 자택에 미치지 않았는지, 어느 하나 파손된 곳이 없었다. 묻어둔 재물도 그대로였다.

"요시, 마타 아타라시이 하지마리다(좋다, 다시 시작이다)."

이후 강주용은 반공을 목표로 하는 정부를 돕겠다며 과감하게 자신의 재산을 상납한 후, 막대한 신임을 얻었다. 결국 반공 투사를 자청하며, 그의 말 하나로 빨갱이냐, 아니냐를 결정할 수 있는 권한까지 가졌다. 이에 많은 사람들이 반발했다. 그들은 강주용의 집 앞에 모였다.

"민족의 반역자 강주용은 나와라. 친일파가 부끄럽지도 않으냐?"

밖이 소란스러웠다. 많은 이들이 강주용의 집에 돌을 던졌다. 강주용이 일제강점기에 친일 행각을 한 것과 6.25 때 돈을 써서 아들을 징병시키지 않은 것에 분노했다. 대부분 강주용 때문에 아들과 딸을 잃거나, 형제자매, 친구를 잃은 사람들이었다. 강주용은 대꾸하지 않았다. 그들을 보며 소름 끼치는 미소만 지을 뿐이었다.

하지만 그의 아들 종구는 달랐다. 죄책감에 시달렸다. 피난을 다니면서 자신과 비슷한 또래의 많은 젊은이들이 전쟁에 참가해 사망했다는 사실을 알아버렸다. 아버지의 명령대로 지금껏 호의호식하며 살았지만, 스스로가 느끼는 부끄러움은 어쩔 수 없었다. 그런 자신이 싫었다. 창 너머로 보이는 많은 사람들의 외침이 모두 사실이기에 참을 수 없었다. 결국, 아무도 모르게 집을 나와 무작정 산으로 향했다.

그런데 문제가 생겼다. 길을 잃어버리고 말았다. 어느덧 날은 어두워졌고, 사방에서 산짐승 소리가 들렸다.

"이런 젠장, 집 나오면 고생이라더니, 틀린 말이 아니군. 아니지, 이런 생각을 할 거라면 애초에 나오지도 않았다."

마음을 가다듬고 다시 산을 올랐다. 갈수록 길이 험해졌다. 땅도 많이 거칠어졌고, 산짐승의 울음소리도 더욱 커졌다.

"앗, 저건?!"

경사가 심한 언덕 위에서 늑대인지, 여우인지 모를 산짐승들과 눈이 마주쳤다. 종구는 숨이 턱 하고 막혔다. 도망가야 할지, 싸워야 할지 대책이 서지 않았다. 그야말로 머릿속이 새하얗게 된 것이다. 산짐승들은 종구를 향해 다가왔다. 종구는 뒷걸음질했다.

"앗?!"

발을 헛디뎌 언덕 아래로 굴러떨어졌다.

가끔 아버지를 볼 때마다 유난히 머리가 붉어지는 것 같은 느낌을 받았지만, 대수롭게 생각하지 않았다. 그런데 늘 이해가 가지 않는 부분이 있었다. 일본 놈들이 떠난 지가 언젠데 아버지는 그들의 옷을 입고, 그들의 말을 하고, 그들을 찬양하는지…. 조선인의 피를 이어받고, 조선의 말을 하고, 조선에서 살고 있는 종구는 차마 말하지 못했지만, 불편했다.

"아버지, 저는 납득이 가지 않습니다."

강주용은 아들의 어깨를 부드럽게 만지며, 자상한 어투로 대답했다.

"너도 언젠가는 이 아비처럼 구로다 장군을 모셔야 할 때가 올 것이다. 구로다 장군을 모시면서 우리 집안은 부와 명예, 그리고 권력을 얻었어. 많은 이들은 일본 때문에 나라가 힘들었다고 하지만, 일본 때문에 미개한 조선이 발전할 수 있었던 거야. 구로다 장군의 위대한 힘으로 여기까지 온 것이다. 너도 보지 않았느냐? 종구야, 오늘부터 이 아비와 구로다 장군에게 기도를 올려보는 것이 어떠냐?"

종구는 아무 말도 하지 않고 자리에서 일어났다. 더 이상 대화하고 싶지 않아 자신의 방으로 가려 하는데, 아버지가 종구의 손목을 잡았다. 어찌나 세게 잡았는지 손목이 아팠다.

"아… 아버지… 아파요."

아버지가 좀 이상했다. 웃는지, 우는지 모르겠지만 고개를 숙이고 몸을 심하게 떨며 꺼이꺼이댔다.

"쓰칸다, 고이쓰(잡았다, 요놈)."

아버지가 고개를 들었다. 그것은 구로다였다. 그의 눈동자가 불규칙적으로 돌아갔다. 그리고 이내 검은 눈물을 흘리며 검은 토사물을 뱉어냈다. 겁에 질린 종구는 구로다의 손을 세게 뿌리쳤다. 하지만 구로다는 빠른 속도로 기어왔다.

"고노야로… 고노야로… 고노야로…(이 녀석… 이 녀석…
이 녀석…)."

주위에 있는 물건을 구로다에게 던졌지만 소용없었다.
그것과 상관없이 괴상한 표정을 지으며 더욱 빠르게 다가
왔다. 종구는 구로다에게서 도망치다 결국 아버지의 기도
실로 들어갔다.

"왜 하필…."

방 안은 어두웠다. 종구는 더듬더듬 벽에서 스위치를 찾
아 켰다. 그런데 눈앞에 누군가가 서 있었다.

'구로다인가?'

덥수룩한 붉은 머리에, 기모노를 입은 사내가 칼을 차고
앞에 서 있었다. 종구는 순간 몸이 마비된 듯 움직일 수 없
었다. 사내는 칼을 뺐다. 그리고 종구에게 한 걸음, 한 걸음
다가왔다. 다리는 무용을 하듯 잽싸게, 몸은 박자를 타듯 천
천히…. 이상한 움직임이었다. 위험한 생각이 스쳤다. 어릴

적, 구로다를 만나 느꼈던 공포감을 다시 느꼈다. 나가야겠다는 생각에 문을 열었지만, 그때처럼 문이 열리지 않았다. 문을 마구 흔들며 뒤를 돌아봤다. 사내는 그제야 새하얀 얼굴을 드러냈다. 종구는 그의 얼굴을 보자마자, 주저앉고 말았다.

"아… 아… 아버지…."

그는 종구의 아버지 강주용이었다. 강주용은 얼굴을 찡그리며, 눈을 사시처럼 모았다.

"시니나사이(죽어라)!"

칼을 들고 기괴한 표정을 지으며 일본도로 종구의 머리를 댕강 하고 베었다. 놀란 종구는 벌떡 일어났다. 정말 무서운 꿈이었다. 꿈인지 현실인지 구분할 수 없을 정도로 정신이 혼미했다. 사방을 두리번거렸다.

"이제야, 정신이 드셨나 봅니다. 악몽이라도 꾼 겁니까?"

한 노승이 종구에게 다가왔다. 투박한 그릇에 물을 담아주었다. 물을 벌컥벌컥 마시며, 정말 다행이라고 생각했다. 한동안 타오르는 화로를 보며 멍하게 있었다.

"고민이 많아 보입니다."

종구는 깜짝 놀라며, 노승을 바라봤다.

"아, 스님께서 저를 구해주셨군요. 어떻게 저를 구하셨는지…."

노승은 미소만 지었다.

"사람 구하는 데 이유가 있겠습니까? 우연히 지나다가 처사님을 데려오게 되었지요."

종구는 감사의 인사를 전했지만, 더 이상 말하고 싶지 않았다. 좀 전에 꾸었던 악몽이 마음에 걸렸다. 가부키 분장을 한 듯한 아버지가 무슨 일을 저지를 것만 같았다.

"욕심이란 참으로 무서운 겁니다. 재물에 대한 욕심, 권력에 대한 욕심, 살아남으려는 욕심…."

노승은 화로에서 갓 구운 밤을 꺼내 종구에게 까주었다. 뜨거운 밤을 맨손으로 잘도 까며, 말을 이어나갔다.

"그 욕심 탓에 인간은 많은 죄를 짓지요. 남의 것을 빼앗고, 타인을 위기에 빠트리고, 때론 죽이기까지 합니다. 처사님 주위에는 그런 사람이 계시는지요…?"

한동안 침묵이 흘렀다. 종구는 노승이 까준 밤을 다 먹고 나서야 겨우 답했다.

"네…."

종구는 노승에게 아버지 강주용의 친일부터 자신이 고민하고 있는 모든 것을 남김없이 이야기했다.

"전쟁이 났을 무렵입니다. 전까지만 해도 저는 제가 누리는 모든 풍요로움이 당연한 권리인 줄 알았습니다. 하지만 제 또래… 아니, 저보다 어린 친구들이 목숨을 바쳐가며 나라를 지켜내고 있었습니다. 부끄러웠고, 미안한 마음이 들었습니다. 그들이 지켜낸 나라에서 감히 특권을 누린 거죠.

일본이 나라를 지배했을 때도 많은 동포들의 피로 배불리 살았다는 걸 알았습니다. 이제는 그 죄책감으로부터 벗어나고 싶습니다만, 어떻게 해야 할지 방법을 모르겠습니다, 스님…."

노승은 안쓰러운 눈빛으로 종구를 한참 바라보다가, 따뜻한 차를 따라주었다.

"아마도, 다른 스님들은 그것을 업보라고 하겠지만…. 스스로를 냉정하게 돌아본 용기에 박수를 보내고 싶소. 하지만 처사님…."

노승의 표정이 갑자기 심각해졌다.

"이 보잘것없는 노인이 조심스레 한마디 하겠소. 시작은 처사님의 아버지였는지도 모르겠으나, 이제는 돌이킬 수가 없게 되었구려. 그동안 망자가 힘을 얻었으니 난처하게 되었소이다. 한시라도 빨리 섬에서 온 망령을 몰아내지 않는다면 더 많은 사람이 위험해질 것입니다."

섬에서 온 망령은 구로다를 가리키는 것이었다. 노승은

그가 살인귀라고 했다. 사람의 목숨을 하찮게 여겨 칼로 베고, 죽이며 쾌락을 느끼는 괴물이었던 것이다. 강주용의 욕심을 이용한 구로다에게 꽤 많은 이들이 희생당했고, 그로 인해 망령의 힘은 더욱 강해졌다. 노승은 살인귀가 더욱 많은 피를 원할 것이고, 그로 인해 강주용이 곧 대량 학살을 할 것이라며 종구에게 경고했다.

"스님, 반드시 막아야 합니다. 방법이 없겠습니까?"

노승은 한참을 뜸들이다 답했다.

"망령의 물건을 태워버리면 됩니다. 다만, 그것을 태워버리면 처사님께서 그동안 누렸던 풍요로움은 한 줌 재처럼 사라질 것입니다. 그 말은 곧 앞으로 살아가기가 쉽지 않을 거라는 뜻입니다. 그래도 정말 할 수 있겠습니까?"

종구는 자신이 무엇을 해야 할지 깨달은 듯 고개를 끄덕였다.

"저의 아버지는 같은 민족을 팔아 부와 명예를 손에 쥐었고 그들의 핏방울로 배를 채웠습니다. 저 또한 그랬지요. 더 이상의 희생을 막는 것이 제가 할 일이라고 생각합니다."

노승은 아무 말도 하지 않고 고개만 끄덕였다.

*

노승은 한시라도 빨리 움직여야 한다고 했다. 망령의 물건을 없애기 위해 노승이 가르쳐준 길로 내달렸다. 종구의 계획은 아버지가 자리를 비운 사이 망령의 물건을 없애는 것이었다. 원래는 대문으로 들어가야 하지만 입구를 막고 있는 사람들 때문에 정원의 개구멍으로 들어갔다. 관리인은 아버지가 구로다의 방에서 기도를 하고 있다고 했다. 종구는 자신의 2층 방에서 창밖을 보며 아버지가 외출하기를 기다렸다. 집 밖에는 여전히 많은 사람들이 친일 행적과 부정을 일삼았던 강주용을 찾고 있었다. 며칠이 지났는데도, 아버지는 대응하지 않았다.

"아버지도 많이 변하셨구나. 예전 같으면 순사들이 모두 잡아가고 난리가 났을 텐데…. 하긴 세상이 변하긴 많이 변했으니까."

종구가 그렇게 생각한 지 얼마 되지 않아, 꽤 많은 수의 경찰이 나타났다. 종구는 안경을 고쳐 쓰며 그것을 지켜봤다. 경찰이 집 앞에 모인 몇몇을 연행하려 했다. 사람들은 경찰을 붙잡으며 데려가지 못하게 했다. 얽히고설켜 소란스러웠다.

"탕!"

경찰 간부로 보이는 자가 하늘에 대고 공포탄을 쏜 것 같았다. 사람들은 겁을 먹고 고개를 숙이며 침묵했다. 연행되는 사람들의 가족만이 안간힘으로 경찰의 팔을 잡았다. 그러나 이내 무자비한 공권력에 나가떨어졌다. 종구는 상황을 자세히 알고 싶어 밖으로 나가기 위해 1층으로 내려왔다. 그때 안에서 그 모습을 흡족하게 바라보는 아버지를 발견했다.

"요시, 요시(좋아, 좋아)… 계획대로 아주 잘 되고 있구만. 버러지 같은 새끼들… 누구 덕분에 먹고사는데 말이야. 매국노? 민족의 반역자? 바카야로(멍청한 놈)… 이 나라 경제를 살린 게 누군데, 그런 소리를 하는지… 역시 조선 놈들은 일본 따라가려면 한참 멀었어, 쯧쯧…."

종구는 몸을 숨기고, 아버지를 지켜봤다. 강주용은 사분오열로 와해되는 사람들을 바라보며, 혀끝을 차고 비웃었다. 그러다 어디론가 전화를 걸었다.

"그래, 이 서장… 수고했어. 나로서는 명분이 필요했네. 녀석들을 잡아넣을 시기만 기다리고 있었지. 국가 경제 발전을 위해 힘쓰는 경제 영웅에게 민족의 반역자라니… 이건 곧 국가를 부정하는 일이지 않은가? 오늘 잡아들인 새끼들, 분명 빨갱이들이야. 단단히 조사하게. 분명 김일성이 사주한 증거들이 나올 걸세…. 빨갱이들 입 벌리게 하는 방법으로는 물고문이 최고라지? 허허허허… 그리고 그들과 조금이라도 연관됐다면… 가족이며 친구며 싹 다 잡아들이게. 빨갱이들… 언제까지 매국노니, 민족의 반역자니… 그런 소리 하나 보자고…. 그리고 오늘도 한 놈 준비해놓게나. 빨갱이의 최후를 보여주지…."

종구는 꿈속에 나왔던 아버지의 모습이 스쳐 지나갔다. 붉은 머리, 새하얀 피부, 붉은 눈 화장…. 광기 어린 표정으로 자신을 향해 칼을 휘두르는 모습을 잊을 수 없었다. 불안감이 엄습했다.

"지금 당장 망령의 물건을 없애야 한다."

바로 그때, 관리인이 들어왔다.

"회장님, 목욕물이 준비되었습니다."

강주용은 알았다고 손짓했다. 관리인이 나가자, 음침한 미소를 지으며 뭔가 베는 동작을 반복했다.

"시니나사이, 시니나사이… 시니나사이(죽어라, 죽어라… 죽어랏)!"

허공에 있는 뭔가를 벤 강주용은 있지도 않은 칼을 곧게 치켜세워 얼굴에 가까이 댄 후, 이상하고 기괴한 표정으로 얼굴을 찡그렸다. 종구는 섬뜩했다. 아버지가 빨리 목욕하러 가기를 바랐다. 그 사이 구로다의 물건을 없애야 했다. 지금이 아니면 기회가 없을 것 같았다.

"요시, 후우… 요시, 후우…(좋아, 후우… 좋아, 후우…)."

강주용은 천천히 숨을 내쉬며 나갔다. 드디어 기회가 왔다. 종구는 당장 망자의 방으로 향했다. 몸을 최대한 낮추고 조심스럽게 움직였다. 노승에게 받은 단검을 꼭 쥐었다. 복숭아나무를 날카롭게 깎아 만든 목검이었다.

"처사님, 망령은 분명 당신이 아버지를 이어 자신을 모시길 바랄 것입니다. 그것이 놈이 진정으로 원하는 것이지요. 세대를 이어 자신을 모시는 것, 그래야 보잘것없는 잡귀가 신이 될 수 있기 때문이지요. 처사님이 망자의 물건을 없애버릴 거란 걸 안다면 크게 분노하겠지요. 일본의 망령이 처사님 앞에 또 나타날 것입니다. 그땐 이 단검으로 망령을 찌르시오. 분명 효과가 있을 것이오⋯."

종구는 매우 긴장되었다.

"그래, 내가 여기서 끝내야 한다⋯."

구로다의 방문 손잡이를 돌렸다. 문이 잠겨 있었다.

"에잇, 젠장⋯."

하는 수 없이 손잡이를 부수기로 했다. 하지만 손잡이가 어찌나 단단한지, 부서질 기미가 보이지 않았다. 몸을 던져 부딪쳐도 문은 꿈쩍도 하지 않았다.

"하… 아무래도 연장을 들고 와야겠군."

그러나 연장을 들고 왔을 때는 아버지가 목욕을 마치고 몇몇과 함께 구로다의 방에서 망령에게 제를 올리고 있었다. 종구는 아쉬움에 한숨이 나왔다. 복도에서 한참을 기다렸다. 하지만 아버지는 나올 생각을 하지 않았다. 어쩔 수 없이 자신의 방으로 올라갔다. 늦은 밤이나 새벽, 모두가 잠든 틈을 타서 다시 실행하기로 마음먹었다. 그러나 긴장한 탓일까? 온몸이 피로했다. 침대에서 잠깐 눈을 붙이기로 했다. 얼마나 잔 것일까…? 눈을 떴을 때, 해는 이미 중천에 떠 있었다. 놀란 마음에 벌떡 일어나 서둘러 방에서 내려왔다.

"어떻게 된 거람? 이런 멍청한 실수를… 한시가 급하거늘…. 아니야, 별일 없을 수도 있을 거야. 설마 아버지가 간밤에 헛된 짓을 할 리가…."

종구는 다급하게 아버지를 찾았다. 어제는 아버지가 집에 없기를 원했지만, 오늘은 아버지가 집에 있기를 바랐다.

어머니와 동생은 병원에서 열리는 자선 행사에 참여하기 위해 이른 아침에 나갔고, 그것을 알려준 관리인도 인부들과 황토를 구하기 위해 산행을 떠났다. 다행히 아버지는 방에 계셨다. 종구는 아버지가 무엇을 하고 있는지 궁금했다. 주무신다면 망령의 물건을 없애버릴 좋은 기회라고 생각했다. 조심스러웠지만 걸음이 빨라졌다. 문 앞에 당도하여 문을 열려는 순간, 진득한 뭔가가 손에 묻었다. 아직 마르지 않은 피였다. 놀란 마음을 진정시킬 수 없어 떨리는 손으로 문을 열었다. 아버지가 곤히 자고 계셨다. 조용히 다가가 벗어놓은 옷을 보았다. 기모노는 검붉은 핏자국으로 물들어 있었다. 순간 머릿속이 복잡했다. 종구는 망령의 방으로 향했다. 불길한 예감이 들었다. 문이 쉽게 열렸다.

"철커덕…."

고약한 피비린내가 진동했다. 벽에 있는 스위치를 켜자마자 종구는 심장이 덜컥 내려앉았다. 누군지 알 수는 없었지만 제단 위 접시에는 사람 머리 서너 개가 담겨 있었고 누군가 제단 중앙에 앉아 뭔가를 먹고 있었다. 그것은 사람의 손 같았다. 종구는 눈물을 글썽이며 자신의 외투 안주머니에서 노승에게 받은 단검을 꺼냈다.

"아나타가 구로다카(당신이 구로다인가)?"

구로다는 인간의 시체를 아무렇지 않은 듯 씹어 먹으며 고개를 끄덕였다. 종구를 조롱하려는 듯 어린아이 같은 표정을 지으며 쩝쩝댔다. 척추를 다쳐 등이 심하게 굽어 있었지만 빈틈이 없었다. 공격하는 게 쉽지 않았다. 구로다는 계속해서 종구를 조롱했다. 얼간이 얼굴을 했다가, 눈을 모았다가, 흰자만 보이게도 했다. 그 와중에도 쩝쩝대며 인육을 계속 씹었다. 입안에서 터진 핏물이 입 주위에 묻었다.

"그만해!"

종구는 분노했다. 뜨거운 눈물이 흘렀다. 어제 구로다의 물건을 태워 없앴어야 했는데…. 후회가 됐다. 노승의 말을 지금에 와서야 이해했다. 어리석었다. 재단 위의 시신은 어제 집 앞에서 시위를 하던 사람들이었다. 친일파인 아버지에게 항의했다가 빨갱이로 몰려 죽은 것이다. 종구는 가슴이 찢어질 듯 아팠다. 단검에 모든 분노를 담아 구로다에게 달려들었다. 단검을 본 구로다는 그제야 힘겹게 일어났다. 그럼에도 불구하고 계속 종구의 약을 올리듯 이상한 표정을 지었다.

"이히히히히히…."

구로다는 종구의 검을 요리조리 피했다. 그러다 이내 일본도를 뽑아 들었다. 종구는 겁이 났지만, 물러서지 않았다. 너무 분했다. 일본의 손에 죽어간 수많은 동포와 자신의 아버지를 짐승으로 만든 것을 생각하면 피가 거꾸로 솟았다. 구로다의 장난은 더 이상 통하지 않았다. 종구의 적극적인 공격에 구로다는 당황했고 결국 빈틈을 보였다.

"푸슉!"

단검이 구로다의 왼쪽 가슴을 정확히 찔렀다. 구로다의 얼굴이 일그러졌다. 꿈에서 본 것 같은 검은 눈물과 토사물이 흘렀다. 구로다는 이상한 울음소리를 냈다.

"이 정도로 끝났다고 생각지 마라. 방금 것은 우리 아버지를 짐승만도 못한 자로 만든 것…."

종구는 다시 한번 단검을 들어 구로다의 가슴팍에 사정

없이 꽂았다. 단검이 거침없이 파고 들어간 자리에서 검은 피가 솟구쳤다.

"이것은 죄 없이 죽어간 조선 동포들의 것…."

구로다의 입에서 검은 토사물이 뿜어져 나왔다. 구로다는 아무런 저항도 하지 못한 채 온몸을 벌벌 떨었다.

"그리고 이것은…."

종구가 마지막으로 구로다를 향해 단검을 꽂으려는 찰나, 날카로운 장검이 종구의 얼굴로 날아왔다. 운이 좋아 순간적으로 피했지만, 얼굴을 살짝 베였다. 붉은 핏방울이 꽃처럼 피어오르다, 이내 폭포수처럼 흘렀다. 당황한 종구는 피를 닦으며 자신을 공격한 자를 바라봤다. 아버지 강주용이었다. 아니, 망령에게 영혼을 판 친일파 강주용이었다. 이미 정상적인 사람의 눈이 아니었다. 붉은 귀신처럼 보였다. 구로다는 바닥을 기며 고통스러워하다가 강주용을 보자, 이상한 웃음소리를 내고는 제단 뒤로 숨었다.

"아버지… 제발 정신 차리십시오. 저 아들 종구입니다. 아버지의 하나밖에 없는 아들 종구라고요."

아버지에게 간곡히 부탁했지만 소용없었다. 강주용은 전혀 알아듣지 못한 듯 칼을 치켜세웠다. 살인에 굶주린 살인귀처럼 혓바닥을 날름거리며 괴상한 표정을 지었다. 종구는 피할 수 없었다. 아버지를 쓰러트려서라도 망령을 없애야만 했다. 하지만 강주용은 구로다와 달랐다. 움직임이 매우 빨랐고 강했다. 단검으로 맞서기에는 무리였다.

"와타시와 다이닛폰테이코쿠노 부시다, 시니나사이(나는 대일본제국의 무사다, 죽어라)!"

살인귀 강주용의 일격에 종구는 그 자리에서 쓰러졌다. 강주용의 칼이 아들의 어깨부터 아랫배까지를 갈라버린 것이다. 피가 뿜어져 나왔고, 종구의 눈은 서서히 감겼다. 그제야 숨어 있던 구로다가 튀어나와 죽어가는 종구를 보며 비웃었다.

*

깊은 어둠 속에서 기분 나쁜 웃음소리가 들려왔다. 구로다였다. 어찌나 얄밉게 비웃는지 화가 났다. 그러면서도 무서웠다. 망령과의 싸움은 쉽지 않았다. 이렇게 한들 누가 알아주기나 할까? 아무 간섭하지 않고 주어진 것에나 만족하며 잘 먹고 잘 살면 될 것을…. 하지만 죽어간 동포에 대한 미안함과 죄책감은 지울 수 없었다. 종구는 생각했다. 이렇게 무서운 현실에서 자신이 할 수 있는 것은 무엇일까? 수백 번 되풀이해도 답은 하나였다.

"망령을 없애는 것이다…."

눈을 떴다. 정신이 돌아왔다. 아버지가 종구에게 입힌 상처가 뜨겁도록 아팠다. 이를 꽉 물고 일어났다. 구로다의 방에서 쓰러졌는데, 자신의 방이었다.

해가 질 무렵, 불안함이 밀려왔다. 덜컥 겁이 났다. 방에서 나오자, 음산한 기운이 온몸을 뒤덮었다. 조심스럽게 아래층으로 내려갔다. 방문이 하나같이 열려 있었다. 옷가지들이 나와 있었고 물건들이 나뒹굴었다. 도둑이라도 맞은 것 같았다. 그런데 마당에서 흐느끼는 소리가 들려왔다. 관리인이었다. 종구는 서둘러 관리인에게로 향했다. 칼로 난도질을 당했는지 온몸이 피투성이였다. 겨우 숨이 붙어 있었다.

"일… 일… 일본 귀신이… 귀신이… 사모님과 아씨까지…."

정신을 잃어가는 관리인을 흔들었지만 심한 출혈로 숨이 멈췄다. 무슨 영문인지 알 수가 없었다. 주위를 둘러보니, 오전에 산에 갔던 인부들이 모두 죽어 있었다. 관리인의 말을 듣고 그제야 걱정이 된 종구는 집안을 샅샅이 살폈다.

"어머니! … 예진아! …."

종구는 겁이 났다. 구로다의 방으로 갔다. 방에서는 종구를 조롱하듯 이상한 콧노래 소리가 흘러나왔다. 종구는 반쯤 이성을 잃었다. 어머니와 동생이 구로다의 방문 앞에 쓰러져 있는 것 같았지만 아니길 바랐다. 다가가는 동안 아닐 거라고 속으로 수없이 외쳤다. 그러나 구로다의 방 앞에는 무참하게 칼에 찔린 두 모녀가 싸늘하게 죽어 있었다. 뜨거운 눈물이 마구 쏟아졌다.

"이제는 돌이킬 수가 없구나. 맹세컨대, 절대 귀신 놈을 용서하지 않으리…."

방문은 예전처럼 잠겨 있었다. 종구는 문을 두드리며 당장 열라고 소리쳤다. 꿈쩍도 하지 않았다. 콧노래 소리가 점점 가까이서 들려왔다.

"하아아아… 아아아…. 아아아하아아… 크하하하하… 후토시카(후토시냐)?"

아버지가 종구의 일본 이름을 부르며 다가왔다. 그의 기모노는 물론, 새하얀 손과 얼굴에도 새빨간 핏자국이 묻어 있었다. 이제는 살인귀가 되어버린 아버지 강주용이었다.

"아아… 하나밖에 없는 아들아. 이 아비의 뜻을 따랐다면, 이런 결말은 보지 않았을 텐데…. 어리석도다, 어리석어…. 네 녀석이 구로다 장군을 그 지경으로 만들어놓지만 않았어도 너의 어미와 동생까지 죽이지는 않았을 거다. 하필 그때 찾아와서 모든 걸 보았기에 살려둘 수가 없었다, 하하하…."

종구는 아버지를 용서할 수 없었다. 이 비극을 빨리 끝내고 싶었다. 단검을 꺼내 들었다.

"이케나이코, 이케나이코(나쁜 아이, 나쁜 아이)… 너 정말 나쁜 아이구나? 그래서 이 아비를 해칠 셈인가? 혼토니 오모시로이(정말 흥미롭군)."

강주용은 기모노를 풀어 헤쳤다. 그러고는 배를 내밀고 찔러보라며 칼로 찌르는 시늉을 했다. 종구는 아버지를 찌르지 못했다.

강주용은 일본도로 종구를 내려쳤다. 종구는 운 좋게 피했다. 하지만 사각지대라 더 이상 도망갈 곳이 없었다. 강주용은 칼을 치켜세우며 또다시 이상한 표정으로 종구에게 다가왔다.

"운이 좋은 놈이구먼…. 그러니까 이 아비 말을 들었어야지. 저승에 먼저 가거라. 너만은 나를 이해해주길 바랐는데…."

강주용이 칼을 높이 들어 인정사정없이 내려치려는 찰나, 누군가가 강주용의 허리를 잡고 놓아주지 않았다.

"난다(뭐야)?"

종구의 여동생이었다. 동생은 오빠에게 빨리 도망치라고 애원했다. 강주용이 짜증을 내며 몸을 세차게 흔들었다. 출혈이 심했던 동생은 다시 쓰러졌다. 종구를 향했던 칼날이 여동생을 향했다. 다급해진 종구는 단검으로 강주용의 옆구리를 찔렀다. 붉은 피가 쏟아져 나왔다. 강주용은 살기 띤 표정을 지으며 종구에게로 서서히 고개를 돌렸다. 입에서도 피가 뿜어져 나왔다. 종구는 겁에 질렸다. 자신도 믿을 수 없었다.

"바카야로… 바카야로… 바카야로…(멍청한 놈… 멍청한 놈… 멍청한 놈…)."

몸을 한없이 떨더니, 화가 난 강주용은 비명을 지르기 시작했다. 강주용의 옆구리에서 연기 같은 것이 피어올랐다. 비명 때문인지 집이 마구 흔들렸다. 강주용의 눈에서 피눈물이 흘렀다. 매우 고통스러워했다. 종구는 지금 도망가지 않는다면 기회가 없을 것 같았다. 쓰러진 동생을 부축해 빠져나오려고 했다. 그러나 밖으로 나가는 모든 문이 저절로 닫혔다. 강주용이 펄쩍펄쩍 날뛰었다. 동생을 살리려는 일념으로 온 힘을 다해 문을 열려고 했으나 꿈쩍도 하지 않았다.

바로 그때, 머리를 풀어 헤친 강주용이 종구를 쫓아왔다. 눈에는 광기가 가득했다. 요란한 소리를 내며 달려왔는데 그 모습이 정말 흉측했다. 종구는 2층으로 올라가려 했다. 하지만 강주용이 종구의 뒤를 바짝 쫓아왔다.

"으헤헤헤헤⋯ 흐헤헤헥⋯ 어딜 도망가는 거냐?"

종구에게 칼을 휘둘렀지만 다행히 맞지는 않았다. 집요한 강주용은 계단까지 쫓아왔다. 강주용의 손이 종구의 몸에 닿을 때마다 온몸에 소름이 돋았다. 결국⋯ 강주용의 손이 종구의 팔을 잡았다.

"쓰칸다, 고이쓰(잡았다, 요놈)!"

돌아보자, 강주용이 징그럽게 웃고 있었다. 종구는 단검을 뽑고 난 뒤 강주용을 세게 밀어버렸다. 강주용은 요란한 소리를 내며 그대로 굴러떨어졌다. 긴 계단을 구를 때마다 강주용의 관절이 꺾였고, 마지막에는 목이 꺾였다. 한참 동안 손과 발을 벌벌 떨다가 멈췄다. 그제야 닫혔던 문이 열렸다. 동생도 정신을 차렸다. 종구는 동생을 병원에 데려가 치료부터 했다. 그러고 나서 집으로 돌아와 구로다를 제거하려고 했다. 하지만 구로다의 방문은 열리지 않았다.

"그런다고 내가 포기할 줄 아느냐?"

종구는 창고에서 기름을 가져와 구로다의 방에 끼얹었다. 하지만 아무리 해도 불이 붙지 않았다. 종이뿐 아니라 그 어떤 것도 불이 붙지 않았다. 괴상하고 기묘했다.

"도대체 뭐가 문젤까…?"

도끼로 방문을 찍어도 흠 하나 나지 않았다. 귀신에게 홀린 것 같았다. 하는 수 없이 집 안의 시체부터 치우기로 했다. 아버지 강주용은 정말 죽은 것 같았다. 무섭게 눈을 뜨고 죽었는데, 아무리 감겨주어도 다시 시퍼렇게 뜨며 종구를 봤다. 종구는 아버지 강주용과 어머니를 포함하여 아홉 구의 시신을 처리해야 했다. 3일에 걸쳐 뒷산에 묻었다. 아버지, 어머니, 관리인과 인부들을 각각 다른 곳에 매장했다. 동생은 어느 정도 회복됐을 때쯤 친척 집에 맡겼다. 사람들에게는 아버지가 모두를 데리고 일본으로 갔다고 했다. 아무도 의심하지 않았다.

구로다

종구는 이 저택을 없애려고 온갖 수단을 다 썼다. 하지만 불가능했다. 7년 동안의 시도 끝에 소용없음을 깨닫고, 관청에 집을 철거하겠다는 신고를 했다. 그러나 담당자는 듣는 둥 마는 둥 몇 날 며칠이 지나도 오지 않았다. 그래서 군수에게 전화를 해 아버지 강주용인 척했다.

"이보게, 장 군수… 나 강 회장일세. 오랜만이야…. 잠깐 볼일도 볼 겸 한국에 들어왔다네…. 내 사람 하나를 장 군수 쪽으로 보낼 것이야. 두둑하게 챙겨두었으니, 빨리 해결해 주시게. 그 자리는 국유지로 전환해도 좋네. 서류는 알아서 해주고 말이야. 잘 부탁함세."

들킬까 봐 조마조마했지만, 장 군수는 잘도 속아 넘어갔다. 사람 하나를 시켜 아버지 강주용의 돈을 장 군수에게 배달했다. 돈을 주자마자, 일은 빠르게 진행됐다. 그리고 철거 당일이 되었다. 종구는 철거를 제대로 진행할 수 있을지 의문이 들어 마당 앞 인부 숙소에 숨어 그들을 지켜보기로 했다. 잠시 후, 한 남자가 매우 이른 아침에 홀로 도착하여 집 안을 두리번거렸다. 남자는 신기한 듯 집 안 구석구석을 살폈다. 주섬주섬 기모노와 뭔가를 챙겼다. 종구는 기가 차 웃음이 났다.

"허 참… 좀도둑인가?"

순간 눈을 의심했다. 집 안으로 들어간 그 사내의 손에 구로다의 갑옷과 일본도가 들려 있는 것이 아닌가.

그가 바로 오대웅, 지금 강 부장 앞에서 술을 마시고 있는 오 사장이었다.

강 부장은 잊을 수 없었다. 오대웅이 망령의 물건을 가지고 나왔을 때, 구로다는 그의 등에 업혀 음흉한 미소를 짓고 있었다. 종구의 눈이 구로다의 눈과 마주쳤다. 망령은 다시 한번 종구를 조롱하는 듯 웃었다.

강 부장, 아니 종구는 아버지와 구로다에 관한 모든 이야기를 대웅에게 들려줬다. 하지만 대웅은 아무런 대꾸도 하지 않았다. 의미 모를 미소를 머금은 채, 독한 술만 마실 뿐이었다. 한동안 말이 없다가, 다시 술을 따랐다.

"그렇지, 자네가 본 대로야. 그것을 가져와서 덕을 많이 봤지. 자네에게 그런 사연이 있는지 전혀 몰랐어. 결국 자네의 말은 자네의 아버지처럼 나 역시 살육할 수도 있다는 의미군…."

종구는 고개를 끄덕였다. 대웅은 실성한 사람처럼 웃었다. 그리고 종구에게 물었다. 정말 자신이 사람을 죽일 수 있을 것 같은지를 말이다. 종구는 당황해서 아무 말도 하지 못했다. 분위기가 무거워졌다. 종구는 등골이 싸늘해졌다. 대웅이 자신의 아버지처럼 돌변할 것 같았다. 하지만 대웅은 따뜻한 미소를 지으며 술을 따라주었다.

"허허허… 너무 걱정 말게나. 나는 앞으로 자네의 도움이 절실히 필요하네. 자네를 해치는 일은 없을 게야, 하하하."

대웅은 망령의 물건을 버릴 마음이 없는 듯했다.

"강 부장, 자네에게는 미안하지만 나 또한 원대한 꿈이 있다네. 자네 아버지처럼 말이지. 남들은 자네 아버지를 친일파네, 민족의 반역자네, 하지만 나는 자네 아버지를 존경하지. 대한민국 경제 영웅이지 않은가? 오늘 자네의 이야기를 들으니, 내 오랜 고민의 답이 풀렸어."

대웅은 기분이 좋은 듯, 고양이 눈을 하고 웃었다. 종구는 공포를 느꼈다. 고양이 울음소리가 귓가에 맴도는 것 같았다. 대웅은 종구에게 술을 계속 따라줬다.

"자네가 이 모든 일을 의도했다고는 하나, 이렇게 만난 것도 인연이야. 강 부장, 나와 함께 구로다 장군께 가서 용서를 빌자고. 나는 장군을 만나고 세상을 보는 눈이 달라졌어. 물론 자네에게는 비극이라지만, 과거가 뭐 그리 중요한가? 앞으로가 중요한 것 아니겠는가? 현재가 중요하고 미래가 중요한 것을…."

종구는 정신을 잃지 않으려고 했지만 계속 술을 마시다 보니, 대우의 말이 맞는 것 같았다. 무엇을 위해 이렇게 힘들게 사는지, 스스로에게 의문이 들었다.

그러나 흔들림도 잠시, 자신의 아버지 때문에 죄 없이 죽어간 사람들이 주마등처럼 스쳐 갔다. 몸이 부르르 떨렸다. 지금 당장 대웅을 감금하고 그의 집으로 가 망자의 물건을 모두 태워버리고 싶었다. 그러나 쉽게 움직일 수 없었다. 구로다는 강주용을 통해 위기를 답습했을 것이다. 대웅은 지역 곳곳에서 반신반인으로 통했다. 수백의 신도들이 매일 대웅의 집 어딘가에서 기도를 드렸다. 만에 하나 아무 계획도 없이 쳐들어갔다가는 개죽음을 당할 것이다. 그래서 기다리고 또 기다릴 수밖에 없었다.

술이 한 잔, 두 잔… 계속 들어가다 보니 대웅은 말이 많아졌다.

"자네, 많은 사람이 죽는 것에 대해서 여전히 신경 쓰는 것 같은데…. 이보시게, 희생 없는 성공은 없다네. 내가 성공해서 더욱 많은 사람들을… 아니, 이 대한민국을 살릴 테니, 걱정하지 말게. 아직 자네가 젊어서 그래. 세상이 모두 좋을 수 있나?"

대웅은 종구의 손을 꼭 잡고 미소를 지었다.

"그러니, 앞으로 나를 잘 도와주게. 자네의 명석함이 구로다 장군 못지않게 나를 도와줄 것이라 믿네….”

종구는 대웅의 억지 미소에 소름이 돋았다. 그의 미소에서 아버지 강주용을 보았다. 그날따라 대웅의 머리카락이 유난히 붉어 보였다. 피부도 점점 새하얗게 변하는 것 같았다. 대웅도 아버지 강주용의 전철을 밟고 있다는 확신이 들었다. 하루빨리 망령의 물건을 없애야만 했다. 대의를 위해 대웅에게 못 이기는 척 충성을 맹세했다.

“회장님, 지금 생각해보니 백번 지당하신 말씀입니다. 앞으로 회장님이 가시는 길마다 비단을 깔아드리겠습니다.”

대웅은 그제야 호탕하게 웃었다. 종구는 기회가 올 때까지 기다리기로 했다. 그날 이후, 종구는 대웅의 의심을 피하기 위해 아버지 강주용의 재산을 이용했다. 크고 작은 계약을 따내기도 하고, 공무원에서부터 정재계 인사에게까지 돈을 먹여 일 처리를 빠르고 정확하게 했다. 대웅은 흡족했다. 대웅은 종구 덕에 빠른 시간 내에 성공 신화를 써 내려갔다. 시간이 흐를수록 무시무시한 권력이 되어갔다.

대웅도 강주용처럼 반공 투사가 되겠다며 정부를 지원하

는 데 앞장섰다. 설상가상으로 한 지역에는 오대웅의 주도 하에 빨갱이로 의심되는 사람들을 모두 잡아들이라는 공문이 비밀리에 떨어졌다. 대웅의 말 한마디면 멀쩡한 사람도 빨갱이가 될 수 있었다.

"요시(좋다), 오늘부터 우리에게 반대하는 녀석은 모두 빨갱이로 규정한다."

대웅은 지위를 이용하여 모든 걸 얻으려고 했다. 돈은 물론이고 신도들도 가늠할 수 없을 정도로 늘어났다. 그야말로 오대웅의 세상이었다. 밤마다 딸 또래의 여대생을 불러 향락을 즐겼다. 좋은 옷에 비싼 술에 매일이 축제였다. 종구도 그 사이에 끼어 대웅의 동향을 살폈다.

그러던 어느 날, 정재계 인사들과의 술자리에서 사람들이 데모를 주모하고 있다는 이야기가 나왔다. 이 소식을 듣고 심기가 불편할 줄 알았던 대웅은 오히려 반가워하며 화색이 돌았다.

"요시(좋다), 토벌이다, 간파이!"

한자리에 있던 정치인과 고위 공무원 들이 대웅의 말을 일제히 따라 했다. 그리고 잔을 부딪치며 한 번에 술을 털어 마셨다. 종구는 불안해졌다. 엄청난 학살이 시작될 것이다. 자신의 아버지처럼 대웅도 무고한 사람들의 시신을 제물로 바칠 심산인 듯했다. 종구의 눈에 비친 대웅의 모습이 죽은 아버지의 모습과 교차됐다. 어떻게든 막아야 한다. 이번에 막지 못하면 무수히 많은 사람들이 의미 없는 죽음을 맞을 것이다. 어떻게든 망령의 물건을 없애야만 했다. 그러나 방법이 마땅치 않았다.

다음 날 아침, 종구는 투기와 관련해 급하게 논의할 것이 있다는 핑계로 대웅을 찾아갔다. 영남을 거점으로 저렴한 땅을 매입해야 된다고 했다. 대웅은 일리가 있다며 종구의 말에 동의했다.

"역시 강 부장, 우리 회사의 브레인이야. 내 사람 보는 눈 하나는 정확하지. 자네에게 부장이란 자리는 좁아. 앞으로 우리 회사를 직접 경영하시게. 곧 사장 취임식을 진행할 걸세."

그러나 종구는 대웅의 말이 귀에 들어오지 않았다. 망령의 물건이 어디에 있는지가 궁금할 뿐이었다.

"어허, 자네 표정을 보아하니, 사장 자리도 성에 안 차나 보군. 내 자리를 줘야 하는 건가? 하하…."

종구는 그제야 감사한 척 고개를 숙였다. 바로 그때, 어마어마한 수의 사람들이 지하에서 올라왔다. 신도들이었다.

*

한 청년이 엄청난 돈을 들고 욱일교를 찾아왔다. 늦은 밤, 자신의 전 재산을 구로다 장군께 바치고 싶다며 비밀리에 온 것이다. 봉 실장은 청년을 반갑게 맞이했다. 청년은 국가와 민족의 무궁한 발전을 위해 자신의 청춘을 쏟고 싶다고 했다. 그날, 구로다 장군께 절을 올리고 단숨에 간사가 되었다. 매우 열정적이었다. 꼬박꼬박 헌금도 많이 내고, 열성적이었다.

청년의 이름은 오경수. 대한민국 경제를 일으킨 오대웅 회장을 존경하여 욱일교에 들어오게 됐다고 했다. 대웅과 같은 성씨라며 매우 자랑스러워했다. 신앙심이 깊은 사람들에게 경수는 건실하고 바른 청년이었고, 대한민국 청년의 표상이었다. 물론 욱일교의 입장에서도 고마운 호구였다. 경수는 구로다 장군께 예를 갖추고 싶다며 비싼 기모노까지 맞춰 입고 나타났다. 누구보다 혼신을 다해 기도했으며, 혈서를 쓰기도 했다. 구로다 장군의 아들 오대웅 회장은 살아 있는 신이라며 모두들 경배해야 한다고 외쳐댔다. 경수 덕에 욱일교 신도들은 하나가 되었다.

공로를 인정받은 경수는 몇몇 고위 간부와 정재계 인사들만 드리는 예배에 참여하게 되었다. 예배 분위기는 무거웠고 매우 엄숙했다. 경수는 그들의 예배가 어떻게 이루어지는지 가장자리에서 지켜봤다. 처음에는 여느 예배와 다를 것이 없었다. 평소에 볼 수 없던 부교주 오키코 영애가 나와 구로다 장군의 갑옷과 검 앞에서 절을 했다. 그리고 일본어로 '구로다 장군의 통치시대는 천년만년 이어지리라. 돌이 큰 바위가 되고, 그 바위에 이끼가 낄 때까지…'라는 의미의 기도문 같은 것을 모두가 외웠다. 경수도 그들이 하는 말을 입 모양만 대충 따라 했다.

기도가 끝날 때쯤, 구로다 장군의 갑옷에서 무언가가 연기처럼 스멀스멀 나왔다. 갑옷에서 영혼이 유체 이탈하듯 빠져나왔다. 경악할 수밖에 없었다.

1미터 50센티가 조금 안 되는 조그마한 남자가, 검은색 기모노를 입고 나왔다. 일본의 변발이라 불리는 촌마게 형식의 머리를 하고 있었고, 화장을 한 듯 새하얀 얼굴에 눈이 매우 날카로웠다. 검은 입술은 무엇보다 낯설었다. 경수는 그에게서 눈을 뗄 수 없었다. 어린아이처럼 천진난만한 얼굴로 사방을 헤집고 다녔다. 여성의 신체를 만지기도 했고, 치마 속으로 들어가기도 했다. 자신을 섬기는 신도들을 보자, 기분이 좋아서 방방 날뛰었다.

경수는 그자가 구로다임을 알아차렸다. 일반 신도들이 기도하는 날에는 코빼기도 안 보이더니, 유명 인사들이 기도하는 날에 모습을 드러낸 것이었다. 그러나 모두의 눈에는 그가 보이지 않는 듯, 갑옷 앞에서 절만 했다. 오키코 영애의 눈에도 보이지 않는 듯했다. 망령이 그녀 앞에서 바지를 내리고 이상한 춤을 추며 희롱을 해도 전혀 알지 못했다.

구로다는 다시 갑옷 안으로 들어갔다. 투구에 얼굴만 빼꼼히 내민 채로 신도들을 흐뭇하게 지켜봤다. 1차 예배가 끝나자, 대웅의 오른팔이라 불리는 봉 실장이 연설 같은 것을 했다.

"떠오르는 태양, 구로다 장군께 예배를 드리러 온 귀빈님들께 감사의 인사 말씀을 올립니다. 요즘 우리 지역에서 오대웅 회장을 비난하는 불순 세력들이 종종 보입니다. 피죽도 못 먹고 살던 때에 일거리를 줬으니, 감지덕지해도 모자란 판에 노동 시간을 보장하라는 둥, 노동자의 인권을 보장하라는 둥, 말 같지도 않은 소리를 해대는데, 기가 찹니다. 누구 덕에 먹고사는데 말입니다. 우리는 미래를 개척하는 대한민국의 산업 영웅으로서, 우리 앞길을 방해하는 세력들을 이렇게 부릅니다. 빨갱이! 뭐라고 부른다고요?"

신자들이 "빨갱이"라고 외쳤다. 봉 실장은 흡족한 표정을 지으며 손짓했다. 그리고 몇몇이 누군가를 끌고 나왔다. 30대로 보이는 한 남자가 수족手足이 묶인 채로 제단 앞에 섰다. 입에는 재갈을 물렸다. 남자는 몹시 화가 난 듯 온몸을 비틀며 빠져나오려고 애를 썼다. 봉 실장은 남자를 소개했다.

"이 자가 누군지 아십니까? 한때 우리 욱일기업에서 일했던 사내입니다. 대한민국 경제 발전을 위해 우리가 고용해서 쓴 인력이기도 하지요. 일하고 싶다고 해서 기회를 줬는데… 고마움도 잠시, 돈이 적다며 투덜대는 것이었습니다. 그냥 넘어가려고도 했습니다. 그런데 김일성의 사주를 받아, 함께 일하는 동료들을 꼬드겨 데모를 하다니요. 국가 경제활동에 제동을 걸었습니다. 용서할 수 없었습니다. 사내와 함께 일하는 동료들로부터 북괴와 거래한 증거들을 찾았습니다. 이 빨갱이를 어떻게 해야 되겠습니까?"

그곳에 있는 모든 이들이 분노했다. 죽여야 한다는 둥, 두들겨 패야 한다는 둥 잔인한 의견이 다수였다. 경수는 그 광경을 지켜만 보았다.

봉 실장은 그들의 반응을 즐기는 듯 고개를 끄덕이며 손짓으로 선동해갔다. 손발이 묶인 사내의 재갈을 풀었다. 억지웃음을 지으며 마이크를 사내에게 댔다. 사내는 쌍욕을 섞어댔다. 그걸 보는 귀빈들은 비웃기도 하며 재밌어했다.

"입이 더러운 걸 보니, 빨갱이 맞고만?"

어둠 속에 있던 사람 중 하나가 비아냥댔다. 망령도 그 광경이 재밌는지 손뼉을 쳤다. 봉 실장은 사내에게 재갈을 다시 물렸다.

"자 오늘, 이 빨갱이를 구로다 장군의 제물로 바칠 겁니다. 그 전에 빨갱이는 벌을 받아야겠지요?"

귀빈들의 입에서 "사형"이라는 말이 연이어 나왔다. 봉실장은 고개를 끄덕이며 "요시(좋아)"라고 외쳤다. 뒤에서 흉측한 귀신 가면을 쓴 네 사람이 나왔다. 남자인지, 여자인지 알 수 없었다.

눈을 게슴츠레 뜬 처녀 귀신, 뿔이 두 개 달린 도깨비, 얼굴이 온통 붉은색인 귀신, 이상한 미소를 짓고 있는 노인의 가면을 쓴 자들이었다. 그들은 날카로운 언월도 같은 것을 들고, 사내 주위를 천천히 돌았다. 머리와 몸이 따로 놀 듯 움직였고 그것이 매우 기묘한 분위기를 풍겼다.

경수는 불안했다.

'죽이면 안 될 텐데, 안 될 텐데…'

그러나 망령의 방에 있는 사람들은 이런 경험이 많은지 재미있는 공연인 양 구경했다. 가면을 쓴 자들은 박자를 타며 걸음은 빠르게, 팔다리는 느리게, 이상하고 절제된 움직임을 반복했다. 그리고 일제히 멈추었다. 경수는 본능적으로 눈을 감았다.

"으아악…."

사내에게 재갈을 물렸는데도 고통스러운 외침이 들려왔다. 가면을 쓴 자들이 사내의 목과 가슴, 배와 다리를 동시에 벤 것이다. 사내는 아직 숨이 남아 있는지 바르르 떨었다. 경수는 차마 그것을 보지 못했다. 방 안의 귀빈들은 구로다에게 자신의 소원을 읊기 시작했다. 어찌나 광적인지, 같은 공간에 있는 것조차 공포였다. 어떤 이는 통곡을 했고, 어떤 이는 무당이 작두를 타듯 방방 뛰었다. 그 안에 있는 인간들의 소원은 하나같이 똑같았다. 더욱 강한 권력과 더욱 많은 돈을 갖게 해달라고 했다. 경수는 정신이 혼미했지만 그곳에서 일어나는 모든 것을 머릿속에 기록하려 했다. 사람을 죽여 제물로 바치는 행위, 광신도들의 기도, 구로다의 존재…. 빨리 잔인한 의식이 끝나기를 바랐다.

열기 속에서 기도가 끝나자, 봉 실장은 눈짓을 했다. 그것을 본 몇몇 사내들이 상자를 들고 돌아다녔다. 헌금을 걷는 것이었다. 순식간에 상자에 돈이 넘쳐났다. 봉 실장은 고개를 끄덕이며 흐뭇한 표정을 지었다. 헌금이 모두 걷히자, 문이 열렸다. 귀빈들도 예배가 만족스러웠는지 하나둘 웃으면서 나갔다. 경수는 그 자리를 빨리 피하고 싶었다. 발걸음을 재촉했다. 하지만 이내 발걸음을 멈췄다. 구로다가 시신에게 다가가는 것이 보였다. 구로다는 시신의 냄새를 맡으며 입맛을 다셨다. 그리고 팔을 한 입 베어 물었다. 입에서피가 뚝뚝 떨어졌다. 흡족한 표정으로 한 입 더 베어 물며사내의 살점을 계속 씹었다.

그런데….

경수와 구로다의 눈이 마주치고 말았다. 모든 신경이 굳어버린 경수는 구로다의 눈을 피할 수가 없었다. 구로다는 그런 경수를 조롱하듯 무서운 표정을 지었다가, 우스꽝스러운 표정을 지었다. 그 표정이 너무 괴기스러워서 얼어버린 몸을 억지로 이끌었다. 경수는 대웅의 집을 빠져나오자마자 달렸다. 구역질이 나 참을 수가 없었다. 그곳에서의 충격은 말로 표현할 수 없었다.

"이런 개자식들… 사이비 주제에 잔인하기까지 하다

니…."

　모든 것을 토해 정신이 없는 경수 곁에 밝은 불빛을 비추며 승용차 한 대가 멈춰 섰다.

　"아이참… 왜 이렇게 늦은 거요? 역겨워 죽는 줄 알았잖소?"

　경수는 온갖 불만을 토해내며 문을 열었다. 차 안에서 종구가 경수를 보며 빙긋이 웃었다.

*

　종구는 구로다의 망령을 없애려면 귀신을 퇴마하는 영능력자의 힘이 필요하다고 판단했다. 대웅의 집에서 급하게 나온 후, 지역에서 신을 모시는 사람들을 찾아다녔다. 선녀보살, 애기동자 할 것 없이 다수에게 그동안의 이야기를 전하며 도움을 요청했다. 그러나 자신의 힘을 허락하는 이는 아무도 없었다. 거액의 돈을 준다고 해도 '오대웅'이란 세 글자에 경악하며 당장 꺼지라고 면박만 줄 뿐이었다. 오대웅이 모시는 일본 망령의 기가 천하에 뻗치면 본인들이 모시는 신이 다치거나 떠날 수도 있었다.

아쉬운 마음에 포기하려는 찰나, 한 보살이 이제 막 신을 받은 청년이 있다며 소개해주었다. 그가 바로 경수였다. 경수는 종구의 이야기를 다 듣기도 전에 수락했다. 그 역시 오대웅에 얽힌 좋지 않은 사연이 있었다.

경수의 아버지 또한 여느 사람들처럼 오대웅에게 단단히 미쳐 있었다. 재산을 탕진하는 것도 모자라, 하나뿐인 딸도 바쳤다. 타지에서 일을 하다가 소식을 들은 경수가 마을 사람들에게 수소문했을 때 아버지와 여동생은 이미 행방불명이었다. 일순간에 모든 것을 잃은 경수는 오대웅이 만든 욱일교와 이 사건이 관련이 있다는 것을 알고 혼자 복수를 도모하려 했다. 그러나 지역의 최대 권력자인 오대웅과 싸울 방법이 없었다.

설상가상, 이유 없이 몸이 아파왔다. 꿈에 죽은 망령이 계속 찾아왔다. 병원에서는 원인을 알 수 없다고 하여, 용한 무속인을 찾아갔다. 신병이라 했다. 신을 받아들이지 않으면 요절한다고도 했다. 경수는 이대로 죽을 수 없었다. 생사生死도 모르는 아버지와 여동생을 찾아야 했기 때문이었다.

의도치 않게 영적 능력을 얻게 된 경수는 아버지와 여동생에게 좋지 못한 일이 생겼을 거라 직감했다. 오대웅에게 반드시 복수하게 해달라고 매일 밤 신에게 기도했는데, 운명처럼 종구가 찾아왔다.

두 사내는 뜻이 맞았지만, 정작 대웅이 만든 욱일교를 잘 알지 못했다. 그들이 어떻게 움직이고, 무엇을 원하는지 전혀 몰랐다. 대웅이 종구의 정체를 알고 있었기 때문에 구로다에게 선뜻 다가갈 수 없었다. 의심을 지워보려 발버둥 쳤지만 쉽지 않았다. 종구에게 관대한 대웅이었지만, 구로다를 비롯한 욱일교의 이야기는 꺼내지도 않았다. 종구는 말을 꺼내고 싶었으나, 속마음을 들킬까 봐 애써 묻지 않았다. 그래서 경수를 욱일교의 신도로 위장하게 해 직접 잠입시킨 것이었다.

경수는 실종된 아버지와 여동생을 찾고 싶었다. 매일 신도의 얼굴을 일일이 확인하며, 몇 날 며칠을 찾았다. 귀빈 모임에 희망을 가졌지만 가족들의 흔적은 보이지 않았다.

성과도 있었다. 종구와 경수가 무턱대고 덤볐으면 봉변당했을 것이 틀림없었다.

"강 형, 막무가내로 움직이지 않은 것이 천만다행이요. 욱일교 이 개자식들… 일반 신도들이 있을 때는 가짜 갑옷이랑 칼을 재단 앞에 놓더만요. 강 형 말을 듣고 구로다인지, 뭔지 하는 귀신이 나온다기에 잔뜩 긴장했더니… 귀신 머리카락도 보이지 않는 것이요. 만에 하나 섣불리 움직였으면… 어휴, 아찔하구만."

대웅과 구로다는 강주용과 종구의 싸움에서 많은 것을 배웠다. 그래서 진품을 일반 신도들 앞에 놓아두지 않았다. 누군가가 신도를 가장하여 갑옷과 일본도를 없앨지도 모르기 때문에 미연에 방지한 것이었다.

"귀빈들이 기도하는데 이상한 기운이 감돌더이다. 검고 탁한 기운이 갑옷에서 스멀스멀 나오는 것이… 놀랐소. 그렇게 악하고 더러운 기운을 가진 귀신은 처음 봤수다."

구로다에게 수많은 사람이 제물로 받쳐졌음을 짐작할 수 있었다. 종구가 과거에 본 구로다의 모습은 미완성된 상태였다고 경수는 말했다. 제물을 풍족하게 받지 못한 망령이 죽어 있던 당시의 모습에서 회복되지 못한 것이다. 반면, 경수가 본 구로다는 멀쩡하게 서서 자유롭게 걸어 다녔다고 했다. 엄청난 수의 사람을 잡아먹고 망령이 신의 경지에까지 오른 것이다. 진정한 신이 될 날이 얼마 남지 않았다. 그래서 더욱 많은 피와 살을 원할 것이라며 경수는 떨리는 목소리로 말했다.

"어… 어쩌면… 우리 아버지와 여동생도….”

경수는 멀쩡한 사람이 한순간에 빨갱이로 매도되어 죽어가던 것이 떠올랐다. 대의를 위한다는 핑계였지만, 구하지 못했다는 죄책감에 혼란스러웠다. 마음을 억지로 진정시켰다.

"망령은 아직 완전한 신이 되지 못한 것 같수다. 그것이 완전한 신이 되기 전에 해치워야 해요. 그렇지 않으면 더욱 무서운 일이 벌어질 것이요.”

종구는 일본인들이 이 땅에 미련이 많다고 했다. 물리적인 지배만으로는 어림없다는 것을 깨달았기 때문에 일제강점기에 일본 귀신을 친일파들에게 모시라고 명령한 것이라고 했다. 대한민국 땅에 구로다 말고도 한국인들이 모시는 일본 망령이 반드시 존재할 것이라고도 했다.

"그런데 강 형… 웃긴 사실이 한 가지 더 있수다. 구로다라는 망령 말이오. 진짜 임진왜란 때 죽은 장군이라고 생각하오?"

종구는 아버지 강주용에게도, 집에 찾아온 일본인들에게도 그렇게 들었다고 했다. 하지만 경수는 그것이 사실이 아니라며 고개를 절레절레 흔들었다.

"사실 강 형… 어쩌면 그때 한발 늦었던 것이 화근일지도 모르겠소. 기다리다가 잠든 그때 말이오."

경수가 말하기를 구로다는 임진왜란을 이끌던 장군이 아니라고 했다. 그는 일제강점기에 넘어온 일본인이었다. 허약한 몸 탓에 전쟁에 참가하지 못했다는 열등감이 있어서 도망치듯 조선 땅으로 온 것이었다. 가족을 비롯한 주위 사람들에게 약한 남자라는 말을 많이 들어 자존심에 많은 상처도 입었다.

유복한 가정에서 자란 구로다는 조선에서 물 만난 물고

기였다. 허약하다고 괴롭히는 이도 없고 눈치 주는 사람도 없었다. 조선인들 위에 군림하며 자신이 그리던 강한 남자의 이미지를 만들 수 있는 기회이기도 했다.

강한 남자를 상상하며 매일 집에서 뭔가를 베다 보니 칼을 꽤 잘 다룰 수 있게 되었다. 당장이라도 사람을 베고 싶어서 안달이 났다. 구로다는 먹잇감을 노렸다. 눈에 보이는 조선인들을 마구 베고 싶었으나, 아무리 칼을 들었어도 남자에게는 이길 수 없을 것 같았다. 그때 조선인 하녀가 눈에 들어왔다. 아무도 없는 때를 봐서 그녀를 집 뒤 대나무 숲으로 불렀다.

"어이 조센진, 대나무 숲에 있을 테니 차를 내어 와라."

계획대로 그녀가 혼자 오자 구로다는 음흉하고 잔인한 생각이 들었다. 칼을 들고 여인에게 천천히 다가갔다. 구로다의 표정을 본 그녀는 섬뜩했다. 구로다는 그녀를 희롱하듯 눈을 사시처럼 모으고 혓바닥을 내보이며 입맛을 다셨다. 차를 두고 도망치려 했지만, 구로다가 길목을 막고 있었다. 철저하게 계획된 덫에 걸려버렸다. 구로다는 칼을 들고 사무라이 흉내를 내며 다가왔다.

"어이 온나(여자), 옷을 벗어라!"

여자는 겁에 질려 눈물을 흘리며 옷을 벗었다. 구로다는 여자를 겁탈한 후 죽일 생각에 가슴이 뛰었다. 처음 저지르는 일이라서 그런지 설렘 속에 두려움도 있었다. 구로다는 원하는 것을 얻은 후 단칼에 여자를 베었다. 붉은 피를 보자 구로다 속에서 끓어오르던 잔인한 욕망이 봇물 터지듯 터졌다. 자신감이 생긴 구로다는 약한 여자들을 상대로 강간과 살인을 일삼았고 힘없는 노인과 아이에게도 칼을 휘둘렀다.

그러나 그의 악행도 오래가지는 못했다. 한 동네에서만 살인을 일삼다가 이상하게 생각한 피해자 가족들에게 발각된 것이다. 분노한 가족들은 또 다시 살인을 하려는 구로다를 잡았다. 모두 자신이 죽였다는 그의 말 한 마디에 가족들은 찢어지는 가슴을 부여잡고 울었다. 많은 이들이 돌이며 몽둥이로 구로다의 신체를 가격했다. 머리를 맞은 순간, 위험을 느낀 구로다는 도망치려 했지만 그럴 수 없었다. 온몸이 찢어지고 척추까지 부러진 상태였다. 허약했던 구로다는 제대로 움직여보지도 못하고 순식간에 죽어버렸다. 가족을 잃은 분노가 폭발한 그들은 죽은 시체를 때려댔다. 구로다의 시신은 형체도 알아볼 수 없을 만큼 엉망이었다. 마을 사람들은 구로다에게 투구를 씌우고 갑옷을 입혀 검과 함께 그의 집 앞에 버렸다.

그것을 발견한 구로다의 아버지는 대성통곡을 하며 범인을 찾았지만 알아낼 수 없었다. 장례를 치르러 온 승려가 아들의 한을 풀어준다고 해 구로다의 시신을 비롯한 유품까지 그에게 내주었다. 승려는 시신과 유품에 몇 날 며칠 기도를 올린 뒤, 투구와 갑옷 그리고 칼을 일본 대장군의 것이라고 속여 강주용에게 넘겼다.

경수에게 구로다의 과거를 들은 종구는 몸이 부들부들 떨려왔다. 일본에서 온 미치광이 때문에 많은 사람이 죽었다니… 화가 치밀어 올랐다. 이대로 두면 앞으로 더 많은 이들이 죽어 나갈 것이다.

*

그제야 모든 비극의 퍼즐이 맞춰졌다. 종구는 무슨 수를 써서라도 망령을 막아야겠다고 다짐했다. 하지만 망령과 싸울 마땅한 방도가 없어 고민할 뿐이었다. 노승이 준 단검도 세 개밖에 남지 않았다. 아버지를 홀린 망령과의 싸움에서 남은 것이었다. 이것으로 신에 가까워진 망령과 대적한다는 것은 계란으로 바위 치기였다.

복숭아나무로 깎은 보잘것없는 단검을 이리저리 살펴보던 경수는 고개를 갸우뚱거렸다.

"이보슈 강 형, 정말 이걸 산에 기거하는 노승이 줬단 말이오? 이렇게 신성한 기운이 감도는 목검은 처음 봤수다. 이런 건 단군 할아버지를 모시는 무당도, 백두산에서 백 년 동안 도를 닦은 도사도 만들 수 없는 거요. 인간이 만든 것이 아니란 말이요. 노승을 찾는다면 망령을 막을 방도를 알 수 있지 않겠소?"

종구는 고개를 절레절레 흔들었다. 이미 그곳을 수백 번도 더 찾았지만, 노승은 물론이고 그가 기거했던 흔적도 없었다. 집을 나와 앞으로 무엇을 해야 하고, 어떻게 살아야 할지 막연했기에 노인을 찾아갔었다. 그러나 그는 없고 울창한 나무와 이름 모를 풀만 무성했다. 이후 눈앞에 놓인 비극을 매듭지어야 했기에 신통한 노인 찾기에만 매달릴 수는 없었다.

경수는 노승이 보통 노인은 아닐 것이라고 했다. 지푸라기라도 잡는 심정으로 노인을 만났던 곳에 가보자고 졸랐다. 주어진 시간이 얼마 없었지만 간절한 마음에 둘은 강주용이 살던 집터 뒷산으로 향했다. 사람들의 발자취가 닿지 않는 곳이라 그런지 험난한 길의 연속이었다. 거친 숨을 내쉬며 종구가 커다란 나무를 가리켰다.

"본래 저곳에 움막이 있었는데 말이야…"

그곳은 여전히 무성하게 자란 나무들이 뻗어 있었다. 종구는 노인이 없다며 그만 포기하고 내려가자고 했다.

바로 그때….

경수가 사시나무 떨듯 몸을 부르르 떨어댔다. 그 역시도 무당이라서 그런 것일까. 어떤 기운을 느끼는 듯했다. 잠시 후, 허공에 대고 누군가와 대화하기 시작했다. 오래된 나무 한 그루에 절을 올린 경수는, 정신 나간 사람마냥 웃어댔다.

"이보슈 강 형, 내가 모시는 신께서 말이요. 노승이 이 산

어딘가에 기거하고 있다고 하더이다."

두 사내는 흩어져서 노승을 찾기로 했다. 경수는 영험한
기운이 느껴진다며 산 위쪽으로 향했고, 종구는 산 아래로
향했다. 종구는 경수의 말대로 그렇게 대단한 분이라면 필
시 망령을 없애주지 않을까, 생각했다. 희망이 보이기 시작
했다. 간절한 마음에 노승을 애타게 불렀다.

"스님, 스님, 저 강주용의 아들 강종구입니다. 제발 나타
나주십시오."

종구는 석양이 깔린 나무 사이로 한 사내가 서 있는 것을
목격했다. 전에 만났던 노승의 뒷모습과 흡사했다. 기대에
부풀어 그를 향해 조심조심 걸어갔다. 그런데 누군가 함정
이라도 파놓은 것처럼 다리가 땅속으로 푹 들어가더니 중
심을 잃고 넘어졌다. 가파른 경사를 따라 어디론가 굴러떨
어졌다. 정신을 차렸을 때, 어딘지도 모르는 곳에 덜렁 누워
있었다. 일어나려고 했지만 다리가 부러졌는지 몸을 움직일
수 없었다. 큰 소리로 경수의 이름을 불렀지만, 경수는 응답
하지 않았다. 어떻게든 일어나보려고 발버둥 칠 때였다.

의문의 사내가 자신을 향해 걸어오고 있었다. 어두워서 잘 보이지 않았지만 노승이었다. 종구의 입에서 안도의 한숨이 뿜어져 나왔다. 모든 기운이 빠지는 듯했다. 하지만 노인을 찾았다는 생각에 이내 무리해서 일어나려고 했다.

"어허, 무리해서 움직이면 안 됩니다…."

노승은 종구의 발목과 무릎에 손을 댔다. 발목을 이리저리 돌릴 때마다 종구는 끙끙 앓는 소리를 냈다. 뭐가 잘못되었는지 머리를 긁적이며 고개를 절레절레 흔들던 노인은 다리의 한 부분을 강하게 누르며 어긋난 뼈를 맞췄다. "우두둑" 소리와 함께 종구의 비명이 사방에 울려 퍼졌다. 그제야 노승은 빙긋이 웃었다.

"이제 됐습니다…."

조금 전까지만 해도 움직일 수조차 없었는데 기적처럼 움직이며 걸을 수 있게 되었다.

"스님…."

"무엇 때문에 이곳에 왔는지 잘 알고 있습니다."

종구는 과거에 자신의 실수로 망령을 없애지 못했다는 죄책감에 눈물을 흘렸다.

"한시라도 빨리 망령을 처리했어야 했지만 시기를 놓치는 바람에 결국 없애지 못했습니다. 그리고 더욱 많은 사람이 죽어갔습니다…."

노승은 종구의 눈물을 닦아주었다.

"가끔은 시기가 중요한 법입니다. 좋지 않은 일을 처리함에 있어서 시기는 더더욱 중요한 법이지요. 처사님의 머뭇거림이 일을 어렵게 만든 건 사실입니다. 망령의 힘은 하루하루 강해지지요. 처사님에게는 잠시의 시간일지 모르겠으나, 그것에게는 인간의 양기를 모을 수 있는 충분한 시간이지요. 허나 벌써 7년이 지난 일, 자신만 탓하기에는 참으로 긴 시간입니다. 혼자서 망령과 싸운다는 것은 한 인간이 짊어지기에 너무나 무거운 짐이지요."

종구는 방법이 없겠느냐며, 노승에게 구로다를 없애달라

고 애원했다. 노승은 애써 눈을 피하며 석양을 바라봤다.

"꼭 그렇게 망령을 없애야겠습니까? 그것 말고도 수많은 망령들이 세상에 미련을 못 버리고 있지요. 하지만 그들이 세상을 혼란에 빠트려도 처사님의 삶과는 무관하다고 생각됩니다만… 부귀영화를 누렸으면 누렸지 손해 볼 건 없지 않습니까?"

이전과는 다른 노승의 반응에 종구는 혼란스러웠다. 치밀어 오르는 화가 지팡이가 된 듯 휘청거리는 종구를 버티게 했다.

"스님, 그게 무슨 소리십니까? 민족의 피를 빨아먹고 부귀영화를 누린들 마음속 양심을 외면하면 되겠습니까? 누군가의 고통과 아픔이 스스로에게 이익이 된다는 건 정말 잔인한 일입니다. 시대가 변했습니다. 사람 위에 사람 없고, 사람 아래 사람 없는 시대에 소수의 이익을 위해 다수를 희생시키다니요. 저는 용납할 수 없습니다. 노승께서 도와주지 않는다면 아버지로부터 시작된 비극을 저 혼자서라도 막겠습니다."

종구는 분했지만 어떻게든 혼자 해보기로 마음먹었다. 노승이 자신을 도와주진 않았지만, 구해준 것에는 감사 인사를 하고 발걸음을 돌리려 했다.

"구해주신 것은 감사합니다. 은혜는 망령과의 싸움에서 살아남는다면 반드시 갚겠습니다. 허나 신선께서는 앞으로 도를 닦는 데 더욱 정진하시어 세상을 보는 안목을 높이시길 바랍니다."

노승은 자신에게 단단히 화가 난 종구의 팔을 잡았다.

"처사님, 참으로 비극적인 운명을 타고 나셨소. 염치란 것이 생기면 사는 것이 불편한 법이지요. 편하게 모든 것을 누릴 수 있는데 그것으로부터 독립하여 시대의 정의를 증명한다는 것은 외로운 싸움입니다. 당신을 직접 도와드릴 수는 없소. 인간의 실수는 인간이 매듭지어야 하는 법. 나같이 인간도 아니고 신도 아닌 자가 개입하면 나 역시 이상한 권력이 되어 속세를 떠도는 괴물이 될 것이 분명하오."

노승은 품속에서 꽤 기다란 칼을 하나 꺼내 종구에게 주었다. 칼집에는 누런색 부적들이 붙어 있었고, 칼은 무게가

느껴지지 않을 만큼 가벼웠다.

"귀절鬼折이라는 칼입니다. 귀신에게만 상처를 주는 신비한 검이지요. 망령과의 싸움에서 반드시 도움이 될 것이요. 다만 처사님, 이 싸움에서 승리한다고 해서 미래가 희망의 빛으로 변하지는 않을 것입니다."

종구는 그것이 무슨 의미인지 노승에게 물었다.

"끝나지 않는 지배로부터 벗어나는 일은 한 개인의 노력으로 이루어질 수 없는 법…. 많은 사람이 한마음이 되어 더러움으로 얼룩진 세상의 횡포에 맞서 싸워야만 비로소 끝이 나는 것이오."

노승은 종구의 어깨에 손을 올리며 건투를 빈다는 말을 남기고 사라졌다.

오지연

까마귀가 울던 밤, 종구는 지하실 소파에 앉아 깊은 고민에 빠졌다. '귀절'이라 함은 귀신에게만 통하는 칼이 아니던가? 구로다만 없앤다고 해서 이 비극을 멈출 수 있을까? 고민의 연속이었다. 종구의 머릿속에서 '오대웅'이라는 거대한 소용돌이가 요동쳤다. 그가 자신의 집에서 물건을 훔쳐 나오던 모습, 그와 술을 마셨던 날들, 많은 이들이 숭배하는 반신반인이 되기까지…. 어릴 적 보았던 망령의 모습과 오대웅이 교차되며 옛날 일이 주마등처럼 스쳐 지나갔다. 한동안 눈을 뜨지 않았다. 경수도 그런 종구를 보면서 아무런 말을 하지 않았다. 불안한 정적이 지하실을 뒤덮었다.

한 시간쯤 지났을까. 침묵을 깨는 한숨 소리가 길게 뿜어져 나왔다. 종구가 벌떡 일어나며 경수를 바라봤다.

"나는 구로다를 반드시 죽일 것이며, 오대웅 역시 죽일 것이다."

경수는 고개를 끄덕였다.

"좋소, 형님. 나도 그 말을 듣고 싶었수다."

종구는 고개를 절레절레 흔들었다.

"아니야, 아니야. 앞으로는 위험한 일투성이다. 자네가 이 일에 함께하기를 더 이상 원하지 않아. 그러니 이제 그만하고 돌아가 보게."

경수는 종구에게 소리쳤다.

"말이 되는 소리를 하슈. 아버지와 여동생이 어떻게 됐는지도 모르는 마당에 이제 와서 손을 떼라고? 너무한 거 아니요? 형님이 그렇게 나오신다면, 내 지금 당장 오대웅이 그 자식 목을 따러 갈 것이오. 어떻게 하겠소? 이래도 나보고 그만하라고 할 거요?"

경수도 종구만큼 망령에게 한이 서려 있었다. 매우 위험한 일이었지만 종구는 경수의 손을 다시 잡을 수밖에 없었다. 그날 밤, 두 남자는 망령과 오대웅을 없앨 계획을 세웠다.

"오대웅이 워낙 귀하신 몸이다 보니, 경호원만 몇 명이요? 그리고 봉 실장 그 새끼가 밥풀처럼 찰싹 붙어 있으니 어렵구만요, 이거…."

오대웅을 죽인다는 것은 현실적으로 불가능했다. 절대 권력을 가진 자가 됐으니, 몸을 사리는 것은 당연했다. 오대웅에게 막역한 사이로 알려진 종구 역시도 섣불리 움직이다가 개죽음을 당할 가능성이 높았다. 오대웅만 죽인다고 끝날 일도 아니었다. 원흉의 망령 구로다는 어떻게 하란 말인가? 귀신을 없애지 못한다면 또 다른 오대웅이 나타날 것이다. 구로다는 사람의 욕심을 너무나 잘 이용하는 영악한 귀신이다. 약하디 약한 인간의 사악한 본능을 채워주는 대신, 신의 자리를 넘보며 재물을 바라는 망령이란 걸 종구는 너무도 잘 알고 있었다.

"형님, 그럼 이건 어떻소? 망령과 오대웅을 떼어놓는 거요."

경수의 말을 들은 종구의 눈이 번쩍 하고 빛났다.

*

대웅은 새로 지은 기도원에 새벽부터 출입하는 신도들의 행렬을 보며 흐뭇했다. 우매한 인간들을 계몽했다는 생각에 스스로가 자랑스러웠다. 이 지역뿐만 아니라, 대한민국 전체를 욱일교의 세상으로 만들고 싶었다. 꿈을 이루기 위해 거대 권력까지 탐을 냈다. 집무실 거울에 비친 자신을 보며 세상을 바꾼 위대한 남자가 서 있다는 사실에 절로 웃음이 났다. 나르시시즘이라고 해도 좋았다. 하루 벌어 하루 먹고사는 처량한 신세에서 성공 가도를 달려 순식간에 회장에까지 오른 자신이 뿌듯했다. 그렇게 자아도취에 빠져 있을 때 문밖에서 봉 실장의 목소리가 들려왔다.

"회장님, 준비가 끝났습니다. 신도들이 강당에 모여 회장님을 기다리고 있습니다."

오대웅은 일본 나가노에서 유명한 장인으로부터 공수해 온 전통 기모노를 입으며 대답했다.

"요시(좋아)!"

집무실을 나서는 순간, 자신의 인생이 찬란하게 느껴졌

다. 강주용의 집에서 갑옷을 훔쳐 오던 날부터 구로다를 섬기면서 일어난 기적들이 스쳐 지나갔다.

'구질구질했던 나의 인생이 싫었다. 해방 전이나 후나 처절하게 살았다. 그렇게 살아오면서 힘 있는 자들을 동경했다. 남들은 적국을 섬긴다며 비난하지만, 부귀영화를 누릴 수 있다면 그들 역시 친일파가 되었을 것이다. 지금의 주류는 당시의 친일파다. 뒤늦은 선택이었지만 강주용의 집에서 구로다의 갑옷을 가져온 것은 인생 최고의 기회였다. 나는 구로다의 힘이 필요하다. 그 힘으로 무지몽매한 국민들을 계몽하여 세계에서 가장 강한 국가를 만드는 것이 꿈이다. 그 꿈은 곧 이루어질 것이다.'

아리따운 젊은 여자 둘이 대웅을 보자, 고개를 숙였다. 대웅은 미소를 살짝 지으며 고개를 끄덕였다. 두 여인은 영광스러워하며 다시 고개를 숙이고 문을 활짝 열었다. 새로 지은 기도원 강당은 신도들로 가득했다. 대웅은 감격했다. 손을 흔들며 천천히 연단으로 향했다. 모든 이들이 "오대웅"을 연호했다. 대웅이 마이크 앞에 섰다.

"이렇게 이른 새벽에 기도원을 찾아주신 욱일교 신도들

께 감사의 인사말을 전합니다. 구로다 장군을 만난 이후, 힘겹게 살던 이 오대웅의 삶에 기적이 찾아온 걸 여러분은 보셨습니다. 구로다 장군께서 본인을 믿는다면 바라는 일이 반드시 이루어질 것이라고 말씀하셨습니다. 여러분의 소망은 무엇입니까?"

신도들이 일제히 소리를 질러댔다. 어떤 이는 많은 돈을 벌어 가족들과 행복하게 살고 싶다고 했고, 어떤 이는 아픈 자식이 하루빨리 회복되었으면 좋겠다고 했다.

"알겠습니다. 알겠습니다…. 여러분의 그 소망이 이루어질 수 있도록 제가 여러분과 함께 구로다 장군께 기도하겠습니다."

대웅은 손을 흔들며 자신의 자리에 앉았다. 건물이 흔들릴 정도의 환호와 함성이 들렸다. 이어 봉 실장이 재빨리 나와 마이크 앞에 섰다.

"에… 우리 욱일교가 대한민국에 끼친 영향은 실로 대단합니다. 피죽도 못 먹는 나라에서 경제 성장을 이루었고, 국가의 암적인 존재인 빨갱이들을 처단했습니다. 이 모두가 구로다 장군과 오대웅 회장님 덕분입니다. 감사합니다."

봉 실장이 고개를 숙이자, 모든 신도가 일어나 대웅에게 고개를 숙였다.

"자, 이어서 우리 욱일교가 이렇게 성장하는 데 도움을 주신 분들을 소개하겠습니다."

봉 실장은 대웅의 딸, 지연을 소개했다.

"오키코 영애님은 앞으로 욱일기업과 욱일교를 이어받을 차세대 리더입니다. 어린 나이지만 오대웅 회장님을 옆에서 모시며 욱일교 경영을 도맡고 계십니다."

오대웅 회장에 버금가는 인기였다. 특히 여성들에게 열렬한 지지를 받았다. 핏기 없는 순진한 얼굴로 그녀들을 향해 미소 짓는데, 그 단아함에 모두 마음을 빼앗겼다.

"아쉽게도 마지막 시간이군요. 너무나도 유명한 목사님 한 분을 모셨습니다."

지연의 옆자리에 앉아 있던 노년의 남자가 벌떡 일어났다. 지연이 손뼉을 치자 사람들도 연이어 손뼉을 쳤다. 남자는 자신을 스님이자, 무당이자, 목사라고 소개했다.

"안녕하십니까, 민봉남입니다."

새로 지어진 기도원에서의 첫 행사가 끝났다. 대웅은 만족스러웠다. 대한민국 정재계 인사들의 축하 인사가 쏟아졌다. 모두 대웅에게 잘 부탁한다는 내용이었다.

"요시, 요시(좋다, 좋아). 그럼 임자, 다음에 보도록 하세."

지역구 3선 정치인을 아랫사람 다루듯 하며, 전화를 끊은 대웅의 어깨에 한껏 힘이 들어갔다. 더 이상 두려울 것이 없었다.

"똑, 똑, 똑…."

"누군가?"

"회장님, 강종구입니다."

"오, 종구… 어서 들어오게."

종구가 꽤 묵직한 상자를 들고 들어왔다. 대웅은 상자를 보자 반색했다. 최고급 스카치 위스키였다. 종구는 상자를 열어서 공손히 술병을 건넸다. 종구가 구로다에게 악감정이 있다고는 하나, 대웅에게 종구는 능력 있는 자기 사람이었다. 종구는 지난날 이후로 단 한 번도 구로다에 대한 악감정을 드러내지 않았고, 회사의 발전을 위해 청춘을 바쳤다. 대웅은 종구를 의심조차 하지 않았다. 오히려 이렇게 찾아와준 것이 반가웠다.

"아우여, 오늘 밤에 한잔해야 하지 않겠는가?"

종구는 그런 대웅의 말에 영광인 듯 고개와 허리를 살짝 숙였다.

"회장님, 그렇지 않아도 제가 자리를 마련했습니다. 오늘 저녁에 낙희관에서 회포를 푸시지요. 참한 여대생들을 불렀습니다. 그리고 엔카를 기가 막히게 부르는 아이가 있는데, 아주 감질나는 것이 회장님 마음에 드실 겁니다."

대웅은 이토록 행복한 적이 없었다. 모든 것이 자신의 생각대로 돌아가고 있었다.

"요시, 요시(좋다, 좋아). 얏파리(과연), 강종구다. 일 하나는 끝내주게 잘한단 말이지. 만조쿠다(만족스럽다)."

종구는 정중하게 인사를 한 뒤, 대웅의 집무실에서 나왔다. 어깨에 부쩍 힘이 들어간 대웅을 보자, 지금이 적기라고 생각했다. 평소와 다르게 평정심을 잃고 들떠 있는 대웅을 보니, 방심하고 있는 것이 틀림없었다. 종구는 거사를 치를 생각에 손끝에서부터 긴장이 됐다. 땀이 났고, 호흡이 가빠졌다. 복도 창문을 통해 경수가 욱일교 간부인 봉 실장과 대화 중인 걸 발견했다. 봉 실장의 표정을 보니, 경수의 거짓말에 넘어간 모양이었다. 종구는 녀석이 무당보다는 사기치는 데 소질이 더 있겠다고 생각했다. 모든 것이 종구의 계획대로 진행되고 있었다.

지난 밤, 종구와 경수는 망령과 대웅을 떼어놓기로 했다. 그러기 위해 가장 필요한 건 욱일교 무리의 시스템을 끊어놓는 것이었다. 그렇다면 욱일교의 이인자라 불리는 봉 실장 역시 없애야 했다. 거대한 단체지만 무리의 상징을 처리한다면 욱일교는 오합지졸이 될 터였다.

종구와 경수에게는 단 한 번의 실수도 용납되지 않는 작전이었다. 이것이 실패로 돌아가면 둘은 개죽음을 맞을 것이 틀림없었다. 필사적이었다. 하지만 욱일교란 단체가 워낙 거대하다 보니, 변수도 많았다. 가령 낙희관의 요리사는 물론이고 밖에서 지키고 있을 경호원들은 어떻게 처리해야 하나? 만에 하나 총소리를 듣고 방 안으로 들어온다면, 오대웅에게 다가가보지도 못할 가능성이 컸다. 종구가 고민하는 사이, 경수는 깊게 빨아들인 담배 연기를 내뱉으며 걱정하지 말라고 했다.

"걱정 마슈, 형님은 그저 오대웅과 봉 실장 그 개자식에게나 신경 쓰쇼."

거사를 앞두고 그들을 죽이지 말라는 말은 할 수가 없었다. 그저 고개만 끄덕이는 종구였다. 어쩔 수 없는 선택이다. 오대웅에게 충성을 맹세한 인간들에게 자비를 베풀었다가는 뒷일을 감당하지 못할 것이 뻔했다.

*

운명의 밤이 찾아왔다. 낙희관에 간드러지는 노랫소리가 울려 퍼지자 순식간에 분위기가 밝아졌다. 곱디고운 목소리를 가진 처녀가 가늘디가는 손가락으로 기타를 튕기는데, 묘한 분위기가 매력적이었다. 대웅의 찬사가 이어졌다.

"지금까지 들은 엔카 중에서 자네가 최고였네. 혼토니 스바라시이(매우 훌륭하다). 한 곡 더 부탁해도 될까?"

대웅은 구성진 곡조에 취했다. 그날따라 자신의 지난날이 자꾸 떠올랐다. 얼마나 찬란한가? 종놈의 자식에서 대한민국 경제의 신화로 추앙받기까지, 야망의 세월에 감동했다. 감정에 취한 듯 자신의 큰딸 또래의 여대생에게 기대었다. 얼굴을 그녀의 가슴팍에 묻으며, 거칠고 투박한 손을 옷속으로 넣었다. 여대생은 당황했지만 힘 앞에서 찍소리도 내지 못했다. 종구는 대웅의 그런 모습에서 구로다가 연상되었다. 봉 실장 역시 마찬가지였다. 딸 같은 아이를 껴안으며 으스댔다. 역겨운 모습을 보니 현기증이 났다. 구역질이 올라올 것 같았고, 뇌가 흘러내리는 기분이 들었다. 당장 총을 꺼내어 두 괴물에게 쏘고 싶었다. 안주머니에 손을 넣었다. 그런데 헛것을 본 것이었을까? 대웅의 얼굴이 순식간에 죽은 아버지 강주용으로 변했다.

"후토시여, 후토시여…."

종구의 일본 이름이었다. 너무 무서웠다. 오대웅이 마지막으로 보았던 아버지의 모습을 한 채 한이 서린 눈으로 자신을 바라보는데, 숨 쉬기가 힘들었다. 죽은 아버지의 모습을 보니, 마음이 약해지는 종구였다. 자신이 아버지를 죽였다는 죄책감에 얼마나 많은 악몽에 시달렸던가? 그것은 견디기 힘든 고통이었다. 그런데 기묘한 일이 일어났다. 환각에서 깨어나라는 듯, 저절로 창문이 열렸다. 꽤 차가운 가을 바람이 불어왔다. 어지러웠던 머리가 맑아졌다. 정신을 차리고 보니, 대웅과 봉 실장은 여전히 옆에 여대생을 끼고 흘러나오는 엔카에 박자를 맞추고 있었다. 헛것인지, 망령의 장난인지 모르겠으나 더 이상 미룰 수 없었다. 종구는 재빨리 일어나 안주머니에서 권총을 꺼냈다. 가장 먼저 봉 실장의 심장에 총구를 겨눴다.

"탕, 탕!"

자리에 있던 모두가 놀랐다. 봉 실장의 거대한 몸에서 분수처럼 뿜어져 나오는 피를 보자 여대생들은 아연실색했다. 건방지고 경솔했던 봉 실장이 손바닥보다 작은 권총에 즉사했다. 그도 자신이 왜 죽었는지 모를 것이다. 종구의 눈이 대웅을 향했다. 대웅은 너무 놀라 헛기침만 연이어 뱉었다. 그러다가 목소리를 쥐어짜내며 종구에게 물었다.

"종… 종구, 이… 이게 무슨 짓인가?"

종구는 긴장의 끈을 놓지 않고 대웅에게 총을 겨눴다.

"당신은 왜 일본의 귀신을 섬겨 이토록 비극적인 결말을 맞게 된 것인가? 그것을 믿으면서 얼마나 많은 민족이 피를 보았던가? 이제는 그 귀신으로부터의 지배를 끝내고 싶다. 나도, 우리 겨레도… 그러기 위해서는 귀신의 숙주인 너부터 없애야만 한다."

대웅의 태도는 종구가 생각했던 것과 매우 달랐다. 욱일교의 교주이자, 욱일산업의 회장 아니던가? 거대 기업을 호령했던 모습은 온데간데없고 비열한 중년의 남자만이 손이 발이 되도록 빌고 있었다.

"사… 살려주게… 자네의 마음은 이해하지만… 이렇게 죽을 수가 없어…. 어떻게 이룬 꿈인데… 내가 가진 모든 것의 절반을 자네에게 주겠네, 제발…."

아마도 대웅은 복도에 있는 경호원들이 듣길 바라는 마음이었던 것 같다. 더욱 큰 소리로 말했고 과장된 행동으로 시간을 끌었다. 그리고 이내 대웅이 바라던 일이 일어났다. 방문이 벌컥 열렸다.

"여기, 이보시게… 이보시게…."

그러나 방 안으로 들어온 것은 경수였다. 온몸이 핏자국이었다. 경수가 종구 옆에 나란히 서서 자신을 노려보자, 대웅은 당황했다.

"자… 자네는?"

경수가 권총을 들고 대웅에게 다가왔다.

"혹시 오삼구와 오미자를 기억하나?"

대웅이 고개를 저었다. 그 많은 신도를 어떻게 다 기억할 수 있겠느냐며 모르는 사람들이라고 했다. 전 재산을 가지고 욱일교로 들어온 게 두 부녀뿐이겠는가? 이미 수많은 사람들이 세뇌를 당해 자신의 재산뿐만 아니라, 빚까지 얻어 욱일교에 갖다 바쳤다. 돈만 바치면 그나마 다행이었다. 자신의 아내를 팔고, 자식도 바쳤다. 자신이 가진 모든 것을 기꺼이 제물로 바치는 자들이 수두룩했다. 어쩌면 오삼구 부녀 역시도 그랬는지 모른다.

대웅은 살고 싶었다. 일단 살고 보자는 마음이었다. 강종구가 망령과 좋지 않은 관계인 것을 알고는 있었지만, 자신을 해칠 줄은 몰랐다. 일찍이 경계는 했지만, 형과 동생 사이라 해도 무방했던 종구가 자신에게 총을 겨눌 줄은 상상도 못했다.

"제발, 부탁이네…. 살려만 준다면 망령이 어디 있는지 불겠네. 제발, 약속하네."

오대웅이 이렇게 나약한 인간이었나? 적어도 자신의 아버지인 강주용처럼 신의信義라는 것은 있을 줄 알았다. 그것이 매우 잘못된 신의라는 건 알고 있지만, 이런 인간을 믿고 따르는 신도들이 불쌍했다. 오대웅은 망령의 갑옷을 새로 지은 기도원 가장 아래에 있는 지하에 모셔놨다고 했다.

　종구는 방 안에 있던 여대생들을 모두 내쫓았다. 여대생들은 옷도 제대로 입지 못하고 황급히 자리를 떴다. 그녀들의 눈에 종구는 미치광이 살인범이었다. 겁에 질린 그녀들은 복도에 들어서자마자 비명을 질렀다. 시체들이 널브러져 있었다. 그들은 하나같이 목에 깊은 상처가 나 있었고, 확인 사살을 당한 듯 복부 여기저기서 피가 흘렀다. 경수의 짓이었다. 행여나 종구의 총소리에 경호원들이 반응할까 봐, 미리 손을 쓴 것이다. 수면제가 든 음료수를 마시게 해 모두 잠재운 뒤, 죽였던 것이다. 잔인했다. 하지만 어쩔 수 없었다고 경수는 스스로를 합리화했다. 종구 역시 놀랐지만, 어쩔 수 없었다. 선한 목적이 악한 수단을 정당화한다고 비난하겠지만 방법이 없었다. 오로지 망령을 없애기 위함이었다.

　종구가 다시 대웅에게 총을 겨눴다. 대웅은 울먹이며 살려달라고 애걸복걸했다.

　"당신 때문에 죽은 사람이 수백, 아니 수천일 수도 있다. 당신의 의견에 반하는 자들을 빨갱이로 몰고 온갖 고문으로 죽여 망령의 제물로 만들었지. 파렴치한 괴물도 자기 목숨 귀한 줄은 아는구나?"

대웅은 종구가 당장이라도 방아쇠를 당길 것만 같았다. 종구의 눈빛은 너무도 확고했다. 이럴 줄 알았으면 진작 죽였어야 했는데, 지난날이 후회되었다. 어떻게 강종구가 자신에게 총구를 겨눌 수 있는가?

"종구, 이보시게. 자네의 목적은 망령이지 않은가? 내가 아니라 망령이지 않은가? 제발 살려주게, 이렇게 비네."

그러면서도 대웅은 마음속으로 망령에게 기도했다. 제발 위기에서 벗어날 수 있게 해달라고 말이다. 하지만 종구의 판단이 좀 더 빨랐던 것 같다. 순식간에 세 발의 총소리가 들렸다.

"탕, 탕, 탕!"

흔들림이 없었다. 목적에는 시기가 있는 법. 너무 많은 걸 잃고 나서야 깨달았다. 지금 대웅을 죽이지 않는다면 더 많은 사람들이 희생당할 것이 분명했다. 종구가 쏜 총알 세 발이 대웅의 몸을 관통했다.

"강… 강종구, 어떻게 네놈이 나한테 이럴 수 있나…?"

오대웅은 원망의 눈빛으로 종구를 노려봤다. 한참 동안 거친 숨을 몰아쉬며 종구를 응시하다 숨을 거두었다. 종구 역시 시원함보다는 복잡한 심정이 앞섰다. 자신을 신뢰하던 사람이 아니던가? 자신을 아우처럼 생각해주던 모습은 정말 인간적이었다. 그러나 개인적인 관계로부터 멀리 떨어져서 본 대웅은 악마이자, 괴물이었다. 욱일교의 교주로, 기업의 총수로 어마어마한 권력을 이용해 사람을 해쳤기 때문이다.

이제 망령의 숙주가 사라졌다. 종구와 경수는 대웅이 말한 기도원 지하로 움직였다.

*

새로 지어진 기도원 건물은 거대했다. 욱일교 신도의 피와 땀이 녹아든 결과물이었다. 입구는 비밀 통로처럼 숨겨져 있었지만, 경수의 도움으로 망령이 숨어 있는 예배당에

곧바로 들어갈 수 있었다.

이제 단 하나, 망령만 없앤다면 종구가 할 일은 더 이상 없다. 망령과 싸우다 죽어도 좋다고 생각했다. 망령만 막을 수 있다면 자기 한 몸 바치는 건 일도 아니었다.

어두운 복도 계단을 수차례 내려가서야 방음문이 보였다. 경수는 그곳이 망령이 있는 곳이라며 손짓했다. 종구는 노승이 준 귀절도를 품에서 꺼내어 들었다.

문이 열리자, 엄청난 열기가 뿜어져 나왔다. 욱일교의 열혈 신도들만 모인 예배였다. 망령은 신이라도 된 듯 부처처럼 앉아 있었다. 하지만 이전과는 전혀 다른 모습의 귀신이었다. 마치 진짜 장군이라도 된 것처럼 의기양양하게 모든 갑옷을 갖춰 입고 있었다.

"형님, 어째 신도들이 너무 많은 것 같지 않나요? 이거 망령한테 가는 길에 신도들에게 잡힐 것 같아요."

경수의 말도 일리가 있었다. 무턱 대고 덤볐다가는 신도들의 손에 잡힐 것 같았다. 경수는 오대웅의 딸을 볼모로 삼아 모든 신도들을 밖으로 빼내야겠다고 했다. 이미 오대웅 만큼 신격화된 딸 지연이었다. 무모했지만 가장 가능성 있는 계획이었다. 그리하여 종구는 왼쪽 통로로, 경수는 오른쪽 통로로 흩어졌다.

얼마나 기다렸던가. 집안의 원수이자 민족의 원수인 망령을 자신의 손으로 없앨 날이 머지않았다. 망령에게 다가갈수록 심장이 두근거렸다. 귀절도가 세차게 울어댔다. 망령에게 반응한 것이었다. 어둠 속에 몸을 숨긴 종구는 신도들이 나가기를 바랐다. 잠시 후, 경수가 기도하는 지연을 쏜살같이 낚아챘다. 지연의 비명이 들리자, 삽시간에 예배당이 소란스러워졌다.

"전부 움직이지 마, 조용히 있어. 움직이면 당장 이년의 목을 그어버릴 거야."

신도들은 당황해서 이러지도 저러지도 못했다. 영애의 안위가 걱정되어 울먹이는 자들이 태반이었다. 계획은 성공적이었다. 경수가 지연의 목을 부여잡고 칼로 위협하니 모세의 기적처럼 길이 열렸다. 문밖으로 나가려고 조금씩 움직일 때마다, 주술에 걸린 시체처럼 신도들이 한 걸음, 한 걸음 따라 움직였다.

"그래, 용기 있으면 따라와봐. 어디 와보라고."

하지만 지연은 의외로 침착했다. 아무 말도 하지 않았다. 오히려 그런 모습을 보고 신도들이 살리려고 따라 나오는지도 몰랐다. 여기저기서 경수에게 악마 같은 놈이라는 비난이 쏟아졌다. 이런 반응은 경수가 바라던 바였다.

경수는 신도들을 예배당 출입구까지 유인한 뒤 지연을 정말 죽일 마음이었다. 광인은 광인을 알아본다고 했던가? 신도 몇이 그런 경수의 눈빛을 읽었다. 경수의 광기 어린 모습에 그들은 점점 더 빠르게 움직이기 시작했다. 그럴수록 경수 또한 빠르게 뒷걸음질 쳤다.

'제발, 출입구까지 버티자. 이제 얼마 남지 않았어.'

그런데 신도의 무리 중에 어딘가 낯익은 얼굴이 보였다. 경수의 아버지와 여동생이었다. 이게 무슨 운명의 장난인가? 그토록 찾던 가족이었다. 하지만 그들이 보고 있는 것은 자신이 아닌, 지연이었다.

"영애님, 영애님…."

아버지와 여동생이 눈물을 머금고 걸어오는데, 자신을 전혀 알아보지 못했다. 당장 지연의 목을 베고 가족을 찾고 싶었지만, 모든 신도들을 기도원 밖으로 빼낸다는 것은 쉽지 않았다. 종구가 망령과의 싸움에서 이길 수 있는 가능성을 조금이라도 높여주고 싶었다.

하지만 자신을 향해 달려오는 아버지와 동생을 보고 있으니, 몸이 말을 듣지 않았다. 그들이 무얼 들고 달려드는지 보일 턱이 없었다. 누군가의 장난에 놀아난 듯 경수의 정신이 혼미해졌다.

"형님, 미안하우…."

경수는 아버지와 동생이 코앞에 왔을 때에야 위험을 감지했다. 그들의 손에는 날카로운 칼이 쥐어져 있었고, 그것을 알았을 때는 이미 경수의 뱃속 깊숙이 칼날이 들어와 있었다. 살점부터 내장까지 베이는 고통이 이렇게 심한 줄은 몰랐다. 있는 힘껏 지연의 목을 베려 했지만 이미 늦었다.

여동생이 오른손을 놓아주지 않았고, 아버지는 경수로부터
지연을 구해내고 있었다.

"아… 아버지…."

그들은 경수가 누군지 알 필요도 없었다. 오로지 욱일교
를 위한 마음뿐이었다. 경수가 배를 움켜쥐며 쓰러지자, 신
도들은 광기가 폭발하여 달려들었다.

*

경수가 신도들을 데리고 나간 덕분에 종구는 망령과 단
둘이 남게 되었다. 망령을 없앤다는 일념으로 여기까지 왔
다. 망령은 기다리고 있었다는 듯 고개를 돌려 종구를 응시
했다.

"후토시?"

종구가 귀절도를 손에 쥐고 망령을 향해 달려갔다. 노승
이 준 검 때문이었을까? 몸이 날아갈 듯 가벼웠다. 망령도
심상치 않음을 느꼈는지, 거대하게 변한 몸을 일으키며 칼
을 뽑았다. 진정 신이 되었는지, 왜소한 일본인은 없었다.

하지만 종구의 검이 요란한 울음소리를 내자, 망령은 힘을 잃은 듯 당황했다. 노승이 준 귀절도는 진정 대단한 무기였다. 사람한테는 쓸모없는 나무 작대기였지만, 귀신에게는 매우 위협적인 명검이었다. 종구는 도술을 부리듯 순식간에 의자 몇 개를 가볍게 넘어, 망령의 눈앞까지 와 검을 휘둘렀다. 울어대는 검 소리에 귀신은 정신을 차릴 수가 없었다. 망령은 아직 신이 되지 못한 것이 틀림없었다.

망령은 어마어마한 제물을 받았음에도 종구에게 또 당할 것 같았다. 비참했다. 망령은 엄청난 음기를 내뿜으며 종구에게 칼을 휘둘렀다. 하지만 귀신의 힘은 거기까지였다. 노승이 준 검이 닿자 칼날은 힘없이 부러졌다.

"오대웅, 바카야로(멍청이)!"

망령은 이 모든 것이 오대웅의 탓이라고 했다. 그가 권력에 도취되었기 때문에 벌어진 일이라고 했다. 망령은 진작 종구를 죽이자고 했지만, 그가 듣지 않아서 벌어진 일이었다. 구로다는 물러설 곳이 없었다.

종구는 단 한 번의 망설임도 없이 귀절도를 휘둘렀다. 이번만큼은 실수를 되풀이하고 싶지 않았다. 망령의 팔이 순식간에 떨어져 나갔다. 망령은 두려웠다. 이 세상에서 자신의 존재가 사라질까 봐 겁이 났다.

"후토시, 살려줘. 제발, 살려줘…."

망령이 비굴하게 빌었지만, 어림없었다. 종구에게는 모든 행동이 수작에 불과했다. 다시 한번 노승의 검을 휘둘러 사지를 절단했다. 구로다의 몸에서는 검은 피가 넘쳐흘렀다. 급기야 그의 입에서도 검은 액체가 쏟아져 내렸다.

"장군님, 장군님…."

뒤늦게 달려온 신도들이 그 광경을 보고 울부짖었다. 일제히 종구를 향해 달려들었다.

"이 빨갱이 놈의 머리를 베어버리자."

"배신자, 빨갱이 놈!"

종구는 그들이 다가오기 전에 검으로 귀신의 머리를 잘랐다. 검은 핏물이 연단을 가득 덮었고, 구로다의 형체는 사라졌다. 기름을 부어 망령의 물건을 태워버리려는 찰나, 광기 가득한 신도들이 달려왔다. 망령의 물건을 들고 도망치는 수밖에 없었다. 귀절도는 울음을 멈췄다. 종구를 잡으려는 신도들의 손을 목검으로 쳐도 아무 효과가 없었다. 모두가 자신을 죽일 듯 쫓아오는데, 망령과 처음 대면했을 때보다 무서웠다.

'경수는 어떻게 된 걸까?'

힘겹게 예배당의 출입구로 올라왔을 때, 경악을 금치 못했다. 경수는 십자가에 못 박힌 예수처럼 온몸이 찢겨져 형체를 알아볼 수 없었다. 그를 들고 오는 무리 중에는 경수의 여동생과 아버지도 있었다. 종구 역시 경수의 가족을 찾기 위해 사진을 들고 다녔기에, 한눈에 알아볼 수 있었다. 하지만 그들의 기억 속에 경수는 없었다. 잘못된 믿음에는 혈육의 정도 없었다.

"경수, 이 친구야… 미안하다, 정말 미안해…. 해준 것도 없는데, 이렇게 희생만 시켜서 미안하다…."

종구는 눈물이 났다. 슬픔과 분노에 휩싸인 채 광신도 무리와 싸워가며 길을 만들었다. 개중에는 흉기를 든 자도 있었지만, 어떻게든 피해 갔다. 숨이 찼고, 여기저기 상처를 입었다. 그러나 아직 망령의 물건을 태우지 못했다. 이것만 완전히 없앤다면, 죽어도 좋았다.

"거의 다 왔다…. 나가서 이것만 태우면 모든 것이 끝난다."

광신도들이 쫓았지만, 종구는 모든 힘을 쏟아부어 탈출에 성공했다.

도망치고, 또 도망치다 보니 오대웅을 죽인 낙희관이었다. 모든 것이 끝났다고 생각한 종구였다. 망령의 투구와 갑옷을 바닥에 던진 후 기름을 부었다. 그리고 안주머니에서 성냥을 꺼내 불을 붙였다.

"더 이상 일본의 잔재 속에서 민족이 고통 받는 일이 없기를…."

성냥을 망령의 물건에 던지려는 순간, 뭔가가 머리를 강하게 내려쳤다. 순식간에 쓰려졌지만, 정신을 잃지 않으려고 안간힘을 썼다. 누군가가 망령의 물건을 가져가고 있었다. 초점이 흐릿했지만 그가 누군지 단번에 알 수 있었다. 대웅의 딸 지연과 그녀의 곁에 항상 머무는 민봉남이었다.

저들을 막아야 했지만 이상하게 눈이 감겼다. 설상가상으로 먼 곳에서 신도들이 달려오는 소리가 들렸다.

"내 뭐라고 했소. 끝나지 않는 지배로부터 벗어나는 일은 한 개인만의 힘으로는 불가능하다 하지 않았소? 하지만 처사님의 도전은 훗날 많은 사람들을 한마음으로 모을 것이요. 그 마음이 부디 더러운 불의와 얼룩진 권력의 횡포로부터 이기길 빌겠소."

노승은 종구를 데리고, 어디론가 사라졌다. 욱일교의 광신도들은 귀신이 곡할 노릇이라고 생각했다. 좀 전까지 다 죽어가던 인간이 일순간에 사라지니 말이다.

"이거 분명 욕 얻어먹게 생겼는데? 아니, 우리들이 죽을 수도 있어. 교주님을 죽인 작자를 코앞에서 놓쳤는데… 이

거 어떻게 하지?"

단풍이 울긋불긋하게 물들 무렵, 강종구는 오대웅을 사살했다. 그리고 그가 모시는 망령을 처단하려 하였으나 실패했다. 친일파의 아들로 태어났지만 나라와 겨레를 저버릴 수 없었던 강종구. 편하고 쉬운 인생을 선택할 수 있었지만 끝나지 않는 지배로부터 민족을 해방시키기 위해 모든 것을 다 걸었던 인물로 평가받을 것이다. 물론 욱일교를 비롯한 친일파에게는 사탄이자 테러리스트겠지만 말이다. 우리는 끝나지 않는 지배로부터 언제 해방될 수 있을까?

작가 후기

어린 시절, 잘하는 것이 하나도 없었다. 공부는 머리가 나빠서 못했고, 좋아하던 그림과 음악은 권태가 와서 포기했다. 성실하지도 못했다. 남들 다 하는 개근은 나와 거리가 먼 이야기였다. 사는 게 피곤하다고 생각되는 날에는 땡땡이를 쳤다. 그렇다면 성격이라도 좋은가? 아니다. 매일 누군가를 탓하고 미워하며 살았다. 증오의 나날이었다. 자신이 부족하기 때문이란 걸 알면서도 책임을 남에게 돌렸다. 어쩌다 보니, 하고 싶은 것도 되고 싶은 것도 없는 인생을 살았다.

무슨 바람이 들었는지, 늦은 나이에 우연히 글쓰기를 시작했다. 이유는 없었다. 그저 뭐라도 만들고 싶었나 보다. 스물다섯, 처음으로 쓴 글이 공모전에 입상하며 인생을 바꾸어놓았다. 의도는 없었지만 의미를 찾았단 사실에 날아갈 듯 기뻤다. 그때부터 글을 쓰면서 돈을 벌겠다고 다짐했다. 그러나 인생은 쉽게 풀리지 않았다. 천부적인 소질이 아닌, 잔재주로 연명하는 처지라 크게 인정받지 못했다. 뛰어난 사람이 너무 많았다. 그럼에도 불구하고 되돌아갈 수 없었다. 재밌으니까.

고작 공모전 타이틀 몇 개로 전문 작가가 될 수는 없었다. 조금 멀지만 돌아가기로 마음먹었다. 회사에 다녔다. 게임 시나리오를 쓰면서 기획도 하고, 문화콘텐츠를 제작하기도 했다. 5년간 쉴 틈 없이 일했다. 그러나 어느 순간부터 숨이 탁 막혀왔다. 엄청난 업무량으로 건강에 무리가 온 것이다. 병원에서 검진을 받던 날, 회사를 위한 글이 아닌 스스로를 위한 글을 써야겠다고 다짐했다.

어린 시절, 외갓집은 충청남도 청양에 있었다. 할머니가 들려주시는 이야기가 재미있어, 외갓집에 가면 할머니 뒤만 졸졸 따라다녔다. 처녀 귀신, 물귀신, 도깨비, 저승사자 등 오컬트적인 이야기부터, 한 마을에서 일어난 연쇄 살인 사건까지…. 할머니는 손자에게 라디오 드라마였다. 그때의 추억을 되짚으며 글을 쓰기 시작했다. 더불어 대학에서 전공한 인문학 덕분에 사건과 사람의 관계에 대해서 끊임없이 생각할 수 있었다. 정식으로 글을 배운 적은 없지만 큰 무기가 되었다.

재미 삼아 가끔 글을 올리던 웹 커뮤니티 '짱공유, 무서운 글터'에서의 반응이 심상치 않았다. 추천 수도 높았고, 독자들의 댓글도 달리기 시작했다. '오늘의 유머, 공포게시판'에 글을 쓰게 되면서부터는 과분한 관심과 응원을 받았다. 오로지 재미있는 글을 쓰기 위해서 머릿속에 있는 모든 것을 짜내었다. 즐거웠다. 내가 그토록 바라던 것이었다. 독자와 함께 호흡할 수 있는 일이었다. 회사 임원을 납득시키기 위해 기획을 하고 글을 쓰는 일보다 독자를 위해 이야기를 만드는 일이 훨씬 가치 있었다.

그러나 좋은 글을 쓴다는 것은 실로 어려웠다. 문장부터 내용 구성까지, 신경 써야 할 부분이 많았다. 그런 이유로 슬럼프에 빠졌고 스스로의 부족함에 실망도 많이 했다. 조급한 마음에 억지로 이야기를 채우기도 했다. 부족한 면이 매우 넓었지만 메우기 위해 안간힘을 썼다.

기분이 이상했다. 내가 무언가를 이렇게 진지하게 대한 적이 있었던가? 독자의 응원과 격려는 나를 노트북 앞에 앉혔다. 몇 번의 권태와 실망에도 이야기를 써나갈 수 있었다. 어느 순간, 진짜 작가가 되었다. 독자들이 나를 진짜 작가로 만들어주었다. 더 이상 가난을 탓하고 현실을 부정했던 내가 아니었다. 글을 쓸 때 행복하다는 사실을 깨달았다.

내 글이 출판될 것이라 생각지 못했다. 가능하다면 쓴 것들을 전자책으로 출판해 공유하고 싶었다. 그러나 「여우 스님」을 쓰면서 인생이 바뀌었다. 김민섭 선생에게 연락이 온 것이다. 믿기지 않는 일이었다. 그렇게 몇 번의 만남과 회의 끝에 요다출판사와 계약을 했다. 책을 만들고 있는 지금도 믿기지 않는다. 이것은 내가 글을 잘 썼기 때문이 아니라, 내 글을 읽는 이들이 함께 호흡하고 생각을 공유해준 덕이다.

출간 소식을 사전에 알리지 못해 죄송한 마음뿐이다. 출판 계약을 하자마자, 누구보다 내 글을 좋아해준 독자들과 영광을 함께 누리고 싶었다. 그러나 책을 만드는 과정은 쉽지 않았고, 무엇을 어떻게 만들어야 할지 몰랐기에 의문이었다. 과연 책을 제대로 출판할 수 있을까? 매일이 의심의 연속이었다. 그래서 섣불리 알릴 수가 없었다. 이해하길 바란다.

이 소설집은 '현대 귀신 편'과 '옛날 귀신 편'으로 나뉘어 있다. 우리가 가지고 있던 불안, 걱정, 혐오 등을 시대별로 나열하고 있다. 전쟁 후 가족의 소중함, 시대적 양심, 독재의 부작용, 인간소외 현상, 가정폭력, 청년문제처럼 인간이 가지고 있는 공포를 귀신에게 투영시킨 이야기다. 선정된 대부분의 이야기는 '오늘의 유머'에서 긍정적인 평가를 받았다. 내가 뽑은 「끝나지 않는 지배」는 장기 연재로 독자에게 피로를 주어 인기는 없었지만 반드시 넣고 싶었으며, 출판용 미공개작 다섯 편도 추가했다.

독자들이 가장 많이 궁금해하는 부분은 이야기의 사실 여부다. 관련 질문을 받을 때면 '사실과 창작의 경계'라고 애매하게 답하곤 한다. 자세히 설명하자면 이야기마다 조금 다르다.

처음에는 단순하게 무서운 이야기를 쓰고 싶었다. 그래서 주변에서 일어난 이야기나 들었던 이야기를 소재로 많이 가져왔다. '옛날 귀신 편'에서 충청남도를 배경으로 하고 있는 이야기인 「귀신의 장난」, 「역촌」 등은 어린 시절, 외할머니께 들은 이야기에 약간의 살만 붙였다. 누군가의 경험담을 소재로 하기도 했다. '현대 귀신 편'의 「무조건 모르는 척하세요」는 고등학교 동창의 이야기고, 「숨바꼭질」은 초등학교 시절 동네 형의 이야기다. 「숨바꼭질」은 뉴스와 신문에도 난 끔찍한 사건이었다.

'옛날 귀신 편'에 실린 「여우 스님」은 이웃이 어릴 적에 겪은 일을 재구성했다. '여우를 닮은 스님을 보았다'는 말을 듣고 상상력을 보태 '여우 요괴' 이야기를 쓰게 된 것이다. 어느 날인가는, 뉴스를 보다 귀신이나 요괴가 사람에게 해를 끼치는 것이 현실 속 범죄 사건과 다를 바 없다는 생각을 했다. 그래서 보이스피싱, 사기, 납치 등의 소재를 반영하여 작품을 쓰게 됐다.

「손각시」는 어린 소년이 처음으로 마주하는 공포를 어떻게 해결할까, 하는 궁금증에서 시작됐다. 어쩌면, 우리 모두는 공포를 이겨내면서 어른이 되어가는 게 아닐까? 그래서 훗날 성인이 된 덕배는 자신이 살던 집 지붕에 있는 귀신과 눈이 마주쳐도 무서워하지 않는다. 공포와 성장에 대한 생각을 자주 하다 보니, 자연스레 관련 이야기를 많이 쓰게 되었다. '현대 귀신 편'에 실린 「두려움을 먹는 귀신」, 「믿을 수 없는 이야기」, 「수면유도제」 등은 어린 시절에 상처받았던 사람들의 인터뷰를 참조해서 썼다. 그러니까 이 소설집의 모든 이야기는 사실이기도 하고 허구이기도 하다.

배신자가 되기는 싫다. 독자들의 응원이 부담스러운 것이 아니라, 그것에 부응하지 못하는 자신이 무섭다. 태생이 게으른 놈이라 이래저래 핑계만 대고 노력하지 않는 자신을 보고 있자면, 한심하고 때론 가증스럽다. 잠깐의 영광이 평생인 줄 아는 아둔한 인간의 유형이기에 그런 사람이 될까 봐 너무 두렵다.

사는 것도 권태가 들어서 그만 살고 싶다는 생각을 종종 한다. 하고 싶은 이야기를 쓰다 귀찮아지거나, 예전처럼 모든 걸 놓고 향락에만 빠져 더 이상 이야기를 쓰지 않는다면, 재밌게 읽어주는 독자에게 누가 될 것 같다. 누를 끼치는 순간, 스스로 자멸할 것 같다.

다행히 아직은 글을 쓰는 일이 즐겁다. 앞으로도 독자와 호흡하며 수많은 이야기를 만들 것이다. 이 책은 문화류씨의 첫걸음이다. 한 걸음, 한 걸음 나아가는 데 온갖 시행착오가 도사리고 있겠지만, 문화류씨의 이야기를 기다리는 독자를 위해 진정한 작가로 거듭날 것이다.

마지막으로 온라인 커뮤니티 '오늘의 유머', '짱공유', '브릿G', '왓섭! 공포라디오'의 독자들과 출판의 기회를 주신 한기호 대표님, 인생의 은인 김민섭 선생님, 최고의 편집자 정안나 선생님, 문화류씨를 알려주신 왓섭님, 그리고 인생의 아버지 조용현 교수님께 감사의 인사를 전한다. "여러분께서 저를 진짜 작가로 만들어주셨습니다. 또 다른 이야기에서 뵙겠습니다."

기획의 말

문화류씨는 내가 요다출판사에서 기획한 두 번째 작가다. 김동식이라는 작가 이후 다시 기획자로서 책의 출간에 관여할 수 있게 되어 기쁘다. 요다출판사의 대표는 언젠가 나에게 "김동식 같은 작가를 1년에 한 명씩만 찾아서 데려오면 참 좋겠습니다" 하고 말했다. 그게 말도 안 되게 어려운 일이라는 것은, 아마도 그가 더 잘 알고 있었을 것이다. 김동식 작가는 『회색 인간』이라는 소설집으로 2018년에 많은 관심을 받았다. 나는 그에게 "김동식 같은 작가는 김동식뿐입니다" 하고 답했다. 그러자 그는 "그래도 잘 찾아봐요" 하고 덧붙이고는, 별다른 부담을 더 주지는 않았다.

나는 몇 개월 후에 두 명의 작가를 요다출판사의 대표에게 추천했다. 나는 그가 흔쾌히 받아들일 것으로 믿었다. 그러나 그는 나에게 "이 원고는 우리가 낼 수 없겠어요" 하고 말했다. 내가 보기에는 괜찮은 글이었고 사회적인 이슈와 반향도 이끌어낼 수 있을 것 같았기 때문에 실망스러웠다.

그래서 사적인 자리에서 군이 그에게 "그런데 그 작가 원고는 왜 출간하지 않기로 하신 겁니까?" 하고 물었다. 그때 그는 나에게 "글을 읽는 동안 그에게서 인간에 대한 애정을 전혀 발견할 수가 없었습니다. 그런 작가는 잠시 이름을 알릴 수는 있지만 계속 글을 쓸 수 없어요. 인간에 대한 깊은 성찰과 애정이 없는 글을 출간하고 싶지는 않습니다" 하는 내용으로 답했다. 요다출판사의 대표는 한국출판마케팅연구소의 소장으로도 잘 알려져 있는 한기호 씨다. 그가 젊은 날에 창작과비평사의 영업부장을 맡으며 숱한 베스트셀러를 만들었다는 이야기는 익히 들었지만, 출판계에 대한 이해가 별로 없던 나에게 그는 그저 흔히 마주치는 동네 아저씨와 다르지 않았다. 그러나 그때만큼 그가 크게 보인 일이 없었다. 나는 그에게 "맞는 말입니다. 그런 작가를 찾아보겠습니다" 하고 답하고는, 그때부터 김동식과 다른, 그러나 인간에 대한 애정과 물음표를 남길 수 있는, 그와 닮은 작가를 찾기 위해 이런저런 플랫폼의 글들을 읽기 시작했다.

2019년 봄, 문화류씨가 모 플랫폼에 올린 「여우 스님」이라는 글을 읽고는, 그에게 이메일을 보냈다. 사실 나는 그의 글을 2018년 초부터 눈여겨보고 있었다. 그러다가 그때 그에게서 '인간에 대한 애정'이라는 것을 발견한 것이다. 스님으로 둔갑한 여우가 등장하지만, 그는 귀신이라든가 그에 따르면 '요망한 것'들에 대한 묘사보다는 그 이후 사람들이 어떻게 살아가야 하는가, 하는 데로 시선을 옮긴다. 나는 한 때 일본의 '기담/괴담'이 좋아서 열심히 읽었다. 그러나 그 '모노가타리'들을 읽고 나면 대개는 허무함이 주로 남았다. 한을 품은 귀신이 인간에게 잔혹한 복수를 하고 나면 "그 가족들은 모두 죽었고, 그 폐가에는 그 후 아무도 살지 못했다" 하는 데로 귀결되는 것이었다. 일본의 기담이 모두 그런 것은 아니겠으나, 내가 읽은 작품들은 언제나 귀신이 승리하고 마는 귀신의 서사였다. 그래서 문화류씨에게서 인간의 서사를 발견하고 그에게 단행본 기획을 위한 이메일을 보낸 것이다.

문화류씨에게서는 아주 빠르게 긍정적인 답신이 왔다. 며칠 만에 원주의 모 카페에서 그와 만났다. 그는 1986년 생, 서른네 살의 청년이었다. 공교롭게도 김동식 작가도 나와 처음 만났을 때 서른세 살의 앳된 나이였다. 앳되다고 하기에는 다소 어정쩡한 나이이기도 하지만, 그 표정과 태도만큼은 두 사람 모두 무척이나 앳되었다고 나는 기억하고 있다. 내가 감사를 전하자 그는 "김동식 작가님이 잘 되는 것을 지켜봤습니다. 그래서 언젠가 김민섭 작가님이 저에게도 메일을 주면 좋겠다고 생각하면서 계속 글을 썼는데, 1년 만에 이메일이 온 거예요. 아직도 잘 믿기지가 않습니다" 하고, 조곤조곤한 목소리로 답했다. 김동식 작가의 사례는 무척 예외적인 것으로 받아들여지고 있지만, 그를 희망의 증거로 삼아 계속 글을 써나간 젊은 작가가 있었던 것이다. 그의 잘됨이 자신의 잘됨이 될 수 있음을 감각한 그가, 내 앞에 앉아 있었다. 그것이 그와 그의 글을 기획하기로 한 나를 무척 고양시켰다. 그가 두꺼운 점퍼를 입고 있어서 "혹시 좀 덥지 않으세요?" 하고 물었더니 "사실 메일을 받고 며칠 동안 추운지 더운지도 잘 몰랐습니다. 아직도 좀 그런 상태입니다" 하는 답이 돌아왔다. 그도 그만큼 고양되어 있는 상태였다. 이런저런 말들을 나누면서 문화류씨라는 개인에 대한 애정이 더욱 생기기 시작했고, 그가 자신의 글과 많이 닮은 사람이라는 확신도 가지게 되었다.

　그에 더해, 그가 글을 쓰는 방식은 무척 새로운 것이었다. 그는 누워서 핸드폰의 메모장에 글을 쓴다고 했다. 물론 컴퓨터의 자판을 이용하기도 하지만, 핸드폰의 자판이 편하다는 것이었다. 나는 그의 말이 잘 이해가 가지 않았다. 문자라든가 '카카오톡'이라든가 하는 메신저를 이용할 때야 부득이하게 핸드폰을 사용한다지만, 나는 노트북이 없으면 글을 쓰지 못한다. 우선은 여러 차례 자판을 눌러야 한다는 것도 불편하다. 그러나 문화류씨는 그러한 불편을 별로 느끼지 못한다고 답했다.

전자책이 처음 등장했을 때 '모니터로 어떻게 책을 읽나' 하는 거부감과 불편함을 모두가 가졌지만, 이제는 대부분이 어떤 방식으로든 그것을 수용하고 있는 듯하다. '킨들'과 같은 전용기기가 보편화되었고 무엇보다도 핸드폰으로 글자의 크기까지 조정해가면서 책을 읽는다. 그에 따라 이전의 19인치 이상의 대형모니터가 아닌 손 안에 들어올 만한 6인치 내외의 화면에 어울리는 글쓰기 방식이 자리 잡기에 이르렀다. 모바일을 기반으로 노출되는 플랫폼의 경우에는 그 담당자들이 노골적으로 "단락은 문장 두세 개마다 꼭 구분해주시고요, 이미지도 화면마다 하나씩은 삽입되게 해주세요" 하고 요구하기도 한다. 읽는 방식의 변화가 쓰는 방식의 변화를 추동하고 있는 셈이다. 그러나 작가들은 '큰 화면 (컴퓨터)'에서 글을 쓰고는 그것을 다시 '작은 화면(모바일)'에 맞게 구현하기 위해 애쓴다. 이것은 마치 자신의 글을 플랫폼에 맞추어 번역하는 일과도 같다. 나도 글을 쓸 때마다 단락과 맥락을 함께 덜어내는 데 많은 시간을 할애한다.

문화류씨의 세대는 어쩌면 핸드폰으로 글을 읽는 데서 나아가 글을 쓰는 세대로 진화하고 있는지도 모르겠다. 그가 몇몇 플랫폼에서 독자들에게 좋은 반응을 이끌어낼 수 있었던 것은 아무래도 '쓰는 방식'에서도 왔다. 그는 동시번역을 하는 것처럼, 쓰는 동시에 독자들의 언어로 자신의 세계를 구현해냈다. 그가 누워서 핸드폰으로 글을 썼다고 고백한 것처럼, 사실 나도 누워서 핸드폰으로 그의 글을 읽었다. 앞으로 우리는 문화류씨와 같은 젊은 작가들과 많이 대면하게 될지도 모르겠다. 말하자면, 정말이지 '손가락 작가' 같은 이들이 탄생을 준비하고 있는 것이다. 나는 그들의 글이 언제 어떻게 우리에게 다가오게 될지 잘 짐작이 되지 않는다.

만남을 마치고 곧바로 요다출판사에 전화를 해서, "단행본 계약을 준비해주세요. 작가를 찾았습니다" 하고 말씀드렸다.

『저승에서 돌아온 남자』와 『무조건 모르는 척하세요』, 문화류씨가 세상에 내어 보이는 이 두 소설집은 '한국형 공포 괴담집'이라고 할 수 있다. '요망한 것', '도깨비', '저승사자', '그슨대', '장산범' 등, 우리에게 친숙한 한국의 귀신들이 등장한다. 그러나 표면적으로는 귀신에 대한 서사이지만 결국에는 인간에 대한 서사로 귀결된다. 문화류씨는 "환영(귀신)에 대한 실체를 말하고픈 것이 아니라 그것을 본 인간에 대한 이야기를 독자와 공유하고 싶다"고 말한다. 그에 따르면 인간이 가진 공포심은 한 시대 안에서 개개인이 어느 부정적 경험을 통해 가지게 된 죄의식, 혐오, 갈등, 불안 등에서 온다. 그는 한국의 근현대사를 통해 개인이 가진 공포심의 근원을 추적해보고 싶다고 했다.

그래서 이 책은 일제강점기, 한국전쟁, 산업화 시대, 그리고 현대에 이르기까지의 배경과 거기에서 살아가고 있는 사람들의 이야기를 다루고 있다. 식민지 시대를 거쳐와야 했던 할아버지/할머니의 이야기와, 한국전쟁 이후 산업화 시대를 살아낸 아버지/어머니의 이야기와, 고시원에서 취업을 위한 자기소개서를 쓰고 있는 청년의 이야기가 순차적으로 등장한다. 인간은 도깨비에게 손자를 살려달라고 빌기도 하고, 귀신에게서 자신의 모습을 보고 눈물 흘리기도 하고, 죽은 사람의 목소리에 정신없이 도망치기도 한다. 그의 이야기에 귀를 기울이고 있다 보면 우리가 잊고 지내던 인간의 여러 온도를 새삼 느낄 수 있다. 울거나 분노하게 되고, 무엇보다 오싹해지기도 한다.

그러고 보면 1990년대, 내가 국민학생(초등학생)이던 시절에는 서점에 가면 매대마다 『오싹오싹 공포체험』과 같은 괴담집이 놓여 있었다. 누군가 학교에 그 책을 가져오면 그것을 빌리기 위한 순번이 정해지기도 했다. 친구 집에 놀러 가면 불을 끄고 모여 앉아서 서로가 아는 무서운 이야기를 실감 나게 하다가 그것이 절정에 이르면 서로 소리를 지르며 도망치기도 했다. TV에서도 〈토요 미스테리 극장〉이라든가 〈전설의 고향〉과 같은 시대를 아우르는 괴담들이 인기를 끌었다. 특히 모두의 할아버지와 할머니는 옛날이야기를 해주는 사람이었다. 지금은 그림책을 펴고 거기에 펜을 가져다 대면 기계가 대신 읽어주기도 하지만, 불과 20여 년 전만 해도 서로가 저마다의 전기수(소설 읽어주는 사람) 같은 역할을 했다. 그 많던 이야기들은 모두 어디에 갔을까? 한동안 내가 이야기 듣기를 좋아하는 사람이라는 사실을 잊고 살았다. 그러나 문화류씨의 글을 읽으면서 나는 다시 그때의 나와 만났고, 그러한 이야기의 시대를 거쳐온 내가 다시 그것을 원하고 있음을 알았다. 어쩌면 누군가가 "옛날 옛적에…" 하고 말해주기를, 그러나 그것이 그 시절의 이야기로 머무르는 것이 아니라, 현대를 살아가는 나의 삶을 재해석해주기를 바라고 있었는지도 모르겠다.

문화류씨가 그려내는 그 요망한 존재들은 우리와 함께 살아가는 존재다. 그 시대 사람들이 가진 가장 큰 불안과 공포, 그리고 욕망의 모습 그대로, 귀신은 각각 다른 페르소나를 쓰고서는 다른 모습으로 등장한다. 1990년대의 나에게는 달걀귀신과 홍콩할매귀신이, 화장실을 배회하는 다리 하나뿐인 귀신과 예뻐지고 싶은 빨간마스크를 쓴 귀신이 필요했나 보다. 그것은 기성세대의 걱정을 적당히 품고서도 한 시대의 서사로 자리 잡았다. 지나고 보니 모두 내가 가졌던, 내가 가지게 될 욕망들이었다. 귀신이라는 존재는 그 시대를 살아가는 우리 자신의 모습임을, 작가는 우리에게 조곤조곤 들려준다.

2019년에 이르러, 지금 우리에게도 여전히 괴이한 이야기와 기이한 이야기가 필요하다. 이전과는 다른 페르소나를 쓰고 나타날 이 시대의 귀신들이, 자신들을 읽어주기를 계속 기다리고 있는 것이다. 무엇보다도 그들은 욕망과 공포심에 사로잡힌 평범한 개인의 모습이기도 하다. 두 권의 괴담집으로 세상에 나온 문화류씨는 인간에 대한 애정을 눌러 담은 그 글로 당신에게 다음과 같이 묻는다.

"당신은 어떠한 모습을 하고 있습니까?"

문화류씨 공포 괴담집 옛날 귀신 편

저승에서 돌아온 남자

2019년 5월 25일 1판 1쇄 인쇄
2019년 6월 5일 1판 1쇄 발행

지은이	문화류씨
펴낸이	한기호
책임편집	김민섭, 정안나
편집	오효영, 도은숙, 유태선, 염경원, 김미향, 박소진
경영지원	국순근
펴낸곳	요다
	출판등록 2017년 9월 5일 제2017-000238호
	주소 04029 서울시 마포구 동교로 12안길 14 A동 2층(서교동, 삼성빌딩)
	전화 02-336-5675 팩스 02-337-5347
	이메일 kpm@kpm21.co.kr
	홈페이지 www.kpm21.co.kr

ISBN 979-11-89099-23-7 04810
       979-11-89099-22-0 04810(세트)

· 이 도서의 국립중앙도서관 출판예정도서목록(CIP)은 서지정보유통지원시스템 홈
  페이지(http://seoji.nl.go.kr)와 국가자료종합목록시스템(http://www.nl.go.kr/
  kolisnet)에서 이용하실 수 있습니다. (CIP제어번호 : CIP2019019615)
· 요다는 한국출판마케팅연구소의 임프린트입니다.
· 책값은 뒤표지에 있습니다.